CAO TANG

有温度有质感的大唐风骨
有颜面有尊严的当代诗歌

顾　　问　吉狄马加

主　　任　梁　平　杨晓阳
副 主 任　张新泉　李　怡
编　　委　尚仲敏　姜　明　陈海泉
　　　　　赵晓梦　凸　凹　彭　毅
　　　　　李明政　千　野　李龙炳

主　　编　梁　平
执行主编　熊　焱

副 主 编　李海洲（特邀）
编辑部主任　桑　眉
美术总监　宋　早
责任编辑　周　轶
特约编辑　黄　舜
发稿编辑　吴小虫　林　栖　舒　展
责任校对　蓝　海　安　素

出版发行　四川文艺出版社（成都市锦江区三色路238号）
网　　址　www.scwys.com
电　　话　028-86361802（发行部）028-86361787（编辑部）
邮购地址　成都市锦江区三色路238号新华之星大厦A栋26F　610023
印　　刷　成都博瑞印务有限公司
成品尺寸　185mm×260mm　　　开　本　16开
印　　张　6.5　　　　　　　　字　数　160千
版　　次　2023年08月第一版　印　次　2023年08月第一次印刷
书　　号　ISBN 978-7-5411-6631-0
定　　价　15.00元

投稿/联系邮箱：ctsk2016@126.com
电话：028-61352760/86640163
地址：成都市锦江区书院西街1号亚太大厦7楼草堂诗刊社

图书在版编目（CIP）数据

草堂. 第84卷 / 梁平主编. -- 成都：四川文艺出
版社, 2023.8
　ISBN 978-7-5411-6631-0

　Ⅰ.①草… Ⅱ.①梁… Ⅲ.①诗集 - 中国 - 当代
Ⅳ.①I227

中国国家版本馆CIP数据核字(2023)第061822号

Contents
目录

2023-08（总第84卷）

[首座]_4
　江　非_星光密布的晚上（组诗）
　张二棍_僻壤（组诗）
　林　莉_旷野繁花（组诗）
　王志国_流水携带低音的琴弦（组诗）

[青年诗人6家]_22
　杨碧薇_抱在一起就火树银花（组诗）
　李昀璐_鹧鸪天（组诗）
　吴天威_秋风来过（组诗）
　马思思_海上有梦（组诗）
　黄轶凡_慢慢，及其他（组诗）
　程　渝_昨天像大剧院里展演的情景剧（组诗）
　　·点评·
　祝立根_心灵映照下的诗意世界

[非常现实]_40
　汪　峰_冲出体内的铁水（组诗）
　朱永富_一生中写过多少次母亲的名字（组诗）
　卢　山_雪的训诫（三首）
　浪行天下_岁暮帖（组诗）

[锋线]_49
　　梦亦非_时间横截面,及其他(三首)
　　林　珊_故园无此声(组诗)
　　邓诗鸿_众荷之上(组诗)
　　余洁玉_我从未有过如许的寂静(组诗)

[主观客观]_58
　　张立群_"历史感"的找寻与美学的复归

[大雅堂]_65
　　蒋雪峰_食物志(组诗)
　　曹利华_过复兴村(外一首)
　　张建新_对固定形式的反对(外一首)
　　刘益善_东湖船娘(外一首)
　　李　霞_村上春树(外一首)
　　杨　康_让心飞一会儿(三首)
　　王谨宇_想念雨水(外一首)
　　王桂林_白鲸
　　吴玉垒_一生不止一次遇见自己
　　李　桐_雨水把大地又洗了一遍(外一首)
　　亦　村_午后(外一首)
　　薛松爽_石头(外一首)
　　唐朝白云_火的芭蕾(组诗)
　　吴洋忠_蛰伏的惊喜(组诗)
　　刘德荣_爱着彼此坎坷的一生(组诗)

　　何　如_允许(外一首)
　　子非花_第一场雪(外一首)
　　靳小华_扬中岛笔记(三首)
　　江　来_当油菜花,是春天酿的蜜
　　李珠珠_世界与我
　　胡见宇_海棠引
　　刘志明_蜘蛛人(外一首)
　　李东海_都江堰(外一首)
　　董　林_初夏(外一首)
　　陈贵根_世界面面观·土(外一首)
　　简_汉昌河索桥(外一首)

[特别策划]_84
　　·"成都第31届世界大学生运动会"诗歌小辑·
　　龙小龙　许　岚　艾　川　曹　兵
　　陈于晓　胡云昌　姜　华　梁　梓
　　林　栖　聂　沛　庞　白　石　莹
　　王爱民　吴常青　晓　岸

[国际视野]_97
　　汉乐逸_汉乐逸诗选(汤巧巧/译)

[子美逸风]_101
　　杜　均　芮自能　孔长河

3

首座

首座 _ Cao Tang

江非
JIANG FEI

江非，生于 1974 年，山东临沂人，现居海南。著有诗集《自然与时日》《泥与土》《传记的秋日书写格式》《一只蚂蚁上路了》等 10 部。入选《钟山》《扬子江文学评论》"新世纪文学二十年 20 家（部）"青年诗人榜、花地文学榜年度诗歌榜等。曾获茅盾文学新人奖、丁玲文学奖、北京文学奖等。

星光密布的晚上（组诗）

◎江非

[星光密布的晚上]

在星光密布的晚上一头动物
来到你的居室周围
它踏雪而来，为了嗅嗅烟囱
和孩子们的气息
他们曾是它的守卫和天赐之物
和我们平时所见的那些动物不一样
它胆怯，谦逊，只会偶尔向你
伸出温暖的鼻尖和舌翼
它远远地舔着那一切的悲伤寒凉之物
为了听到人的呼吸，长久等待
我喜欢这悄无声息的动物
它在夜里为人们送来睡梦和希望
因为人的孤独，它已经陪伴了无数世纪
只有在星光坠落时走近了才能听到它
　隐隐的啜泣

[夜行者]

昨天晚上
它肯定又来过了

这里的草已经被践踏过
草地上，大片的草叶
在露水中倒伏
成熟的浆果
也被用唇直接掳走

可能还带来了它的同伴
一位新的伴侣
一起并着肩
走过熟悉的领地

豆子和玉米也被糟蹋过
有几棵已经折断
地上到处是啃过
散落的新玉米

月光下
它努力地跳跃，弹起，并攀上
那脆脆的叶秆

尾巴扫着沙地
又去了河边
掘那茅草的甜根
喝水
将一块卵石上厚厚的苔藓打乱

一缕细细的毛
仍粘在摇摇晃晃的篱栅上

菜叶的心
也被深入反复试探过

肯定是天亮之前
它又悄悄地走了
消失在晨曦的深处

田地上
也有原封未动的东西
园子里枣树上的枣子
悬在高处
一动未动

瓶子
也保持着原来的样子
装着水,原地立着

田埂上
为捕它而设的笼子
倒扣着,空着

心,一次一次,不被察觉
动着,呼吸着

大地,宽容,辽阔
为万物彻夜生长着

[一首好诗]

我的一首诗早早死去
它埋在一堆废词
和一摞废纸中

我揉皱了它,它的脸上
满是皱纹,像一个老人
住在一个郊区的养老院中
哦,它在那里活得很好
如鱼得水
它为那些同样报废的词句
唱着走调的歌
拉着蹩脚的手风琴
周围的伙伴都很爱它
它也真心地喜欢它们
它是一首真正的好诗
一首还没有意义一直在冥思的诗
一首令人称心的诗
像一堆荒山上的粗柴
带着你过夜

[礼 物]

在田里干活的母亲回来
把它送给了我,不好养
浑身的刺,充满了疑惑、忧伤、恐惧的
神情,给它的菜叶和麦粒
原封未动,好像一个下午在抗议,斗争
这样的食物不对它的胃口
那么,它要吃什么?田野里留下的,是秋收后
落在地里的花生,玉米秸新鲜的汁液
成熟脱落的松子,还有,泥土下
埋得很深的茅草的甜根。或许并不是
食材的问题,只是进食的气息不对
它需要一张田野一样的餐桌,而不是
古老的家的气味。看着笼子里
那个蜷缩成一团的家伙,不觉担忧
它是否真的会活下去,还能活下去多久
但并非如此。一只动物的心
也并非如此简单。到了第二天黄昏

趁着我去舀水的空儿,它溜出笼子逃走了
找遍了所有的藏身之处,也没能发现它的踪迹
夜晚,沿着长长的巷子回家,月光洒在
我发热的头顶上,我才想起
它和我一样,是在夜幕降临之后
在黑暗中找着丢失的东西,在短暂的一生中
我们是在找着我们各自的路回家。那么
它找到了吗,一只刺猬,这么多年过去,它
是否也有过动心的礼物,是否记得并觉得
是我和它一起回家,在失意的生活和疲倦的生存之间
我们遗忘的,是深深的记忆,还是无尽的遗弃

[写下一首诗]

我铺下纸,写下这首诗
我不想把它写得太长
只想让它占去这张纸的三分之一
它写得不好,不顺,写不出一个
称心的结尾也没有关系

年轻时,我只关注着鸟儿们的形态
没有去关心它们的名字,年老了
我也只是看着它们在荒地上觅食
没有用心去聆听过它们的叫声

此时,窗外的夜,黑沉沉的
有一只依然不知名的鸟儿,叫了一声
然后长久地隐失

我坐着,我略有等待
我想知道
它会不会还有长夜中的孤鸣
诗,是不是
就是无名之物,无名年迈地隐现,并停住

·创作谈·

我所理解的自然写作

在纯粹自然、人文自然、精神自然这三者之间，当我们讨论"自然写作"时，应该是侧重纯粹自然，即我们常说的那个大自然。我们必须认知到，自然、生态、大地、地理、山水、田园、乡土、风景，这些概念的所指或强调性也是完全不同的，必须把自然这个概念和其他一些概念进行学理性的对比并予以还原，以更好地发现自然写作的诗学本质。自然这个概念，在全球生态问题的这个大形势下被提出来，已经不是指我们所面对的一条河流或一片草原，而是涉及整个地球和宇宙。诗歌中的自然诗学，应该从其与江南诗学、新古典主义诗学以及乡土诗学和地方性诗学的交织中，以其独特的规定性独立出来，并得到诗歌界的充分认识。

自然写作和对自然之物的书写，是完全不同的两码事。一本诗集在内容上即使全部都是写了江河湖海沙草土山田树花鸟虎狼猫狗这些事物，也未必是自然写作，很可能只是一种对自然之物的书写。自然写作，应该包括了对自然之是的发现和对自然之事的描述，进而指向人的自然之心和自然之言。这是我们说到自然写作时必须考察的四个必不可少的重要标志。其中的自然之言，是前三者的一个必然反映和检测物，在我们认识分辨有关具体作品时至关重要。自然诗歌的写作所触及的自然性在根本上其实是一种存在性，自然诗歌写作必须到达自然与人的关系的本质属性这个层面，这是自然写作的根本。

由于自然这个概念在当下历史背景中所能具有的启示性，决定了自然文学是生态文学的一部分。如果更加深入地看，自然写作其实并非仅仅是一种历史紧迫性或者文学类型分类，而是人的现象学系统所决定的一个具有起源性的意识反应和精神要求。它不构成自然性与现代性、自然生活与城市生活等诸如此类关系的对立条件。相反，它因直接参与了人的现象学系统建造而具有一种前定性统一。在这个意义上，自然在这个观念、信息与符号过剩的时代，向我们提供的其实是何为"感受"这个基本问题的答案。

张二棍
ZHANG ER GUN

张二棍,1982年生于山西代县。出版有诗集《搬山寄》《入林记》等,曾获华文青年诗人奖、闻一多诗歌奖、茅盾新人奖、黄河文学奖、赵树理文学奖、西部文学奖、《诗刊》年度青年诗人奖、《长江文艺》双年奖、大地文学奖等。

僻 壤（组诗）

◎张二棍

[租房记]

小旅馆，日租房，月租房……
无数个昏暗的房间里，盈荡着种种
不可言说的气息，等待着
下一个疲倦的人，来此酣然入梦
或辗转反侧。而墙角
一群窸窸窣窣的蟑螂，起身
向更加潮湿的地盘迁徙
它们不在意，房间里住着宿醉的
大盗，还是熬药的小姐
仿佛它们才是这儿永恒的主人
一代代蟑螂们，在此无穷尽繁衍
虔诚又认真。这浩瀚的房间
有它们的大道与歧途，也诞生了
它们的神迹、律法、恩典和罪过……

[重生记]

暮云低垂，地平线静默如苍生
我被几声似曾相识的鸟鸣，引诱至此
现在才怀疑，是幻听
已太晚了。凝滞的空气中，平日里
被遗忘的心跳，成了最大的动静
仿佛一件刚刚出土的人形器皿
在无人处，渐渐复苏。我终于
听见了滴滴答答的血，在身体里
狼奔豕突。而我未曾目睹的
骨骼，也在皮囊之下，彼此
搀扶着，鼓舞着
撑起了我的每一寸肌肤
这妙不可言的时刻，万物沉寂
我置身于黄昏的中央，独自孕育
和抚养出，一个恍若隔世的新人

[易容术]

涂抹一点儿色彩，让脸庞明亮
或暗淡。再准备好一顶假发
灰白、漆黑、棕黄……都可以
把腰身束紧，成为羸弱的瘦子
也可以给宽松的衣衫中，塞入
一些棉花和报纸，变得臃肿而笨拙
努力像一条老狗，佝偻下来
或者一瘸一拐，蚯蚓般蠕动
然后，装聋作哑，装疯卖傻……
似乎，世上所有的易容术，都只会
让一个人变老，变残缺
变得呆滞、狰狞，百无一用。那么
有没有一种易容术，可以让我们
变得矫健，从容，仿佛重生般
获得生而为人的尊严……
有没有一种易容术，能够
将那个伶仃的乞丐，幻化成

贵胄,将满身腥味的屠夫
涂抹为慈眉善目的高僧。有没有
一个易容高手,从废墟中站了出来
笑中带泪,说,我明明化成了灰
却依然被你,以一滴眼泪,相认

[湖水记]

禽鸣近耳,春枝垂肩
而无垠的湖水,恰是无边的道场
旋涡为空,涟漪乃色
潜泳的人,迟迟没有返回堤岸
像被派遣到幽静的大水之中
去寻取无量教义。他的羽绒服
和裤子,叠放在一块洁净的石头上
不动声色,等候着主人
而阳光,灿烂跳跃在衣服的每一道
纹理之上,耐心等候着主人
从凛冽的水中,带回一具
被春水涤荡过的
崭新肉身

[僻壤]

依然有人自井取水,于炉火上
温酒。不求甚解的读书人
在白炽灯下,蹈手舞足
捧着粗瓷大碗的人,像捧起
一道圣旨。而黄昏中
砍柴归来的人,仿佛背着
一座光芒四射的金山。原野里
四散着热气腾腾的骡马,而庭院中
悠闲的鸡犬,昂首挺胸
这是一方僻壤,假如你路过此地
讨一碗水,就会得到一碗酒
你向谁,轻轻道一声谢

他就会红着脸
向你,深深鞠一个躬

[鸟鸣记]

有一次,窗外一嗓子接一嗓子
说不清也数不清的鸟鸣,纷至沓来
好像群鸟对一个凡人,献上了无穷的祝福
还有一次,只听得几声零落的鸟鸣
如同一只无助的鸟,对一个无能的人
发出了求救的哀音。这些年
不知是鸟鸣越来越稀罕,还是
我的听觉越来越迟钝,既没有
收到过一只鸟的祝福,也没有
一只鸟求助于我。仿佛,我落单在
这世上,早已百无一用。我深知
迟早会等来,形而上的一天
——那秃鹫,滚动着喉咙
一声不吭,俯身在我的床前
如探亲,如灭亲

[愧]

无休止的雨水,在窗外
急促落着,如狮吼
而手中香烟,无声燃烧着
正由草木,化为灰烬。茫茫大雾
穿窗而来,淡淡烟气
却夺空而逃。我深知
来势汹汹者,我无法阻挡
去者如斯,我亦无力挽留
在人间虽已多年,我依然
不如,面前这一扇窗户通透
看上去,它单薄而脆弱
却为我们收纳,与阻挡了
这世上,如烟似尘的一切

[谢 绝]

那些名贵之物，与我保持着距离
甚至与我，永远隔着一道警戒线
一层玻璃，一个礼貌的手势
那些名贵之物，谢绝了拍照与合影
甚至参观。历经无数次的
谢绝过后，我再也无心攀附

和艳羡那些辉煌的成就，精美的手艺
我终于退守一隅
与一个个凡俗之物、粪土之辈
灰头土脸的，厮混在一起
我终于活出了自知之明
在越来越平庸的日子里
供养出，一道道无法谢绝的皱纹

·创作谈·

空想家或造梦师

据我所知，几乎每一个诗人，都是历经无数次抓耳挠腮、捉襟见肘的思考，才写下一些称之为"诗"的杂念与臆想。为此，我曾一次次感慨，诗歌是犹疑者的事业，而诗人，不妨称之为世俗中的空想家，或白天里的造梦师。

我幻想过寺庙里，猛兽闭上血盆大口，练习抄经念佛；深湖中，一具白骨追随另一具白骨，在月夜遨游；我幻想过柴火堆里，一个灰扑扑的土地爷从噩梦中惊醒、啜泣。还有一次，在我想象里，街头上涌动着无声的蚂蚁，商场里来往着贫穷的乌鸦，医院里穿行着疼痛的白鼠……

你看，我这个不称职的空想家，总喜欢借着无边的虚构，把自己隐藏在一堆喋喋不休的想法之中，不能自拔。而在天马行空的神思之外，我们的诗需要落地，需要及物，需要一个烟火人间的现场，来容纳和演绎。

所以，一首好诗，可以冲破万物间的隔阂，充当来往于静物、动物、人群之间的密探与信使。而一个诗人，并非单纯意义上的风光描摹者，世相说书人，还应该是一个眼含热泪的话事人，在屠刀与含冤者、炮火与玫瑰、银行家与流浪汉之间，永不厌倦地周旋和商榷着，让他们（它们）和解、体谅、互生情愫……当我们愿意把单薄的肉身，放置在周遭这泱泱万物当中，来观察、揣摩、思索，去做好一个话事人，那么，碎掉的杯子，被咀嚼过的果核，都将携带着它们的悲欢离合，它们的心跳、呼吸、血肉，出现在你我的身边，荣辱同在……

所谓他者境况，亦即自身遭际。如此而来，诗歌的方寸之地，即为大千世界，而那分行的须弥瞬息，也是一个诗人的千古决断。

林 莉
LIN LI

林莉，作品发表于《人民文学》《诗刊》《中国作家》《十月》《天涯》《花城》《草堂》等，入选各年度选本。出版诗集多部。曾获 2010 年度华文青年诗人奖、2014 江西年度诗人奖、红高粱诗歌奖、扬子江诗学奖等；曾参加诗刊社第 24 届青春诗会。

旷野繁花（组诗）

◎林 莉

[馈 赠]

一棵栾树，开着花
站在河对岸
风吹着，轻轻颤动
暮晚剩余的霞光，穿过了它
在对岸，它旁逸斜出
先是明亮的，接着慢慢暗淡
几近于无
当我来到这里
远远地看着它
绚丽的花朵
举着一束着火般的忧郁
多像是某些偏执的念头
开着开着，就落了
我确信，我曾见过它
我想起，昨夜在梦里
树下
那些生命中来过的人
又走了

[流水辞]

高处，风在打磨丹江这面青铜镜
三五红尾鱼游入
撬动着一部《书经注》

而水底的鼎、编钟、犁耙、织布机
细细镂刻故国、离人的影子

春深时，勿朝入秦暮别楚
勿对镜、伫立、动心起念

流水不问往来，苍苍北去
有时霸气，供奉热血
也会痴绝，滚出怆然之泪

[等 待]

南瓜花，是一把
忧郁的铜号
悬垂于土墙边

枯叶蝶飞来
拨弄这沉默的乐器
看不见，墙里边
住着什么样的人家
不如，停下脚步
干脆坐在这里
耐心等着
大事就要发生
天黑之前
南瓜花会吹奏出
秘密小曲
而枯叶蝶
把那偏执的等待
绘出斑驳花纹

[消 逝]

一个人
从池塘边，头也不回地走了
青蛙、水葫芦花
也挽留不住他
这种想象，一旦发生
隐痛便来了
青蛙日夜呼告
水葫芦花谢了又开
那又怎样呢
有些事情总是无疾而终
这不是悲剧，是悲伤

[雨 夜]

美人蕉，开黄花
开红花
芭蕉，侧身盛接雨水

昨夜，雨未停
落花几朵
蕉绿沉入苔痕，湿而黏
独坐于深夜的人
听见滴答滴答
像是冒雨连夜赶来的
一串脚步
在门前徘徊着，一次次
向前、后退
伸出又收回。

[伤别赋]

朋友的外祖母，101 岁
在清晨走了
那里有一条河
青石板路，年代久远
昨日，我在整理的旧物里
看到了一封信
那是一个长者
寄来的一束光
多年前
他穿着棕色皮夹克
从寒风处远行，不再回来
当春天又一次来临
生与死、爱和眷恋
活着以及失去
有了新的意义、哀痛
旷野中
一棵檫树，金黄、闪耀
我想，我们会在满目繁花中
遇见，流下滚烫的泪水

[下雨的时候]

雨点打在芋头叶
和一串扁豆花上
清脆中带着
一丝沙哑
庆幸的是没有人听见它
遗憾的是没有人听见它
荒地中
这小小的庆幸、遗憾
一会儿苍青
一会儿又变成浅紫

[夏 夜]

卷心菜和萤火虫
仿佛是六百年前的古人
正提灯现身于这弹丸之地
动静之间
萤火离离
片片卷曲的菜叶
蜿蜒交错着
时间的抛物线
一颗空置已久的心
忽紧忽松

· 创作谈 ·

在满目繁花中遇见

小满日在家中清扫，于书架上整理出两个封信，白色信封右边底下印着人民文学杂志社、地址等字样。这是原人民文学主编韩作荣老师寄来的用稿回信。当我再次打开它们，时间已过去了18年。

这几年，我完成了诗集《画春风》《跟着河流回家》自然生态和河岸人家变迁史两个主题的系列诗歌写作。从"旷野"到"人"，我乐此不疲地眷恋着这山河、这苍生。在其中，我看到天地空旷，一棵野桃，花开得乱、闹，也极寂。从《诗经》中探出了灼灼光影。卖炭翁，佝偻着入南山中。秋风破了浣花溪畔的茅屋。青鸟从《山海经》转世。断肠处的明月夜、短松冈……生死、爱恨、得失、希冀和绝望，短暂或永恒，人类所有的情志在时间之河里流转、轮回。

诗歌里的神秘和启示，于这茫茫人世赋予我以勇气和深情。因此，我愿意我是那个手执花枝的人，忠实于内心诚实的情意去呈现、表达。从俗事烟火中提取爱的能力。以此做出一种修复和还原。恢复诗歌的纯粹性和清澈性。建造一个蓬勃的奇异世界。

万物有序，旷野中，橡树开出了秋天的第一朵花，小小的，若有似无。仿若世间的又一次初见和重逢。树下，我复想起公元770年，杜甫流落江南，在某一天于小巷中忽然听到漂泊中的李龟年还在弹唱王维的那首《相思》，那时王维已去世九年。大唐诗圣和乐圣，悲欣难叙，相顾无言。杜甫由此写下"落花时节又逢君"的千古诗句。

时间不息，人间更迭，繁花生灭，如痴如绝。

王志国
WANG ZHI GUO

王志国，藏族，中国作家协会会员。1977年生于四川省阿坝藏族羌族自治州金川县庆宁乡松坪村。作品发表于《人民文学》《诗刊》《民族文学》《星星》《读者》《青年文摘》等，有作品被收录选本并被翻译成多种语言。出版诗集《风念经》《春风谣》等四部。

流水携带低音的琴弦（组诗）

◎王志国

[孤山访古不遇]

抵达孤山时
净慈寺的钟声
刚好在西湖的柔波里
学会荡漾

山门虽闭
春天毫不在意
依旧穿过印社的石牌坊
拾阶而上，浅黄深绿自由留白
刚中带柔是三月的春风
正专注于雕刻一枚季候的新印
全然不顾
苏堤春晓，海棠垂丝

只有印学博物馆向世界敞开
惜观者寥廖，满室古印空负传奇无人问
金石镂字，甲骨留名
笔墨之间天地方圆
浏览古人印迹如整理时光经脉
叹文人题写边款多见丈夫豪气
一刻一画中静气藏于艺
一阴一阳里乾坤定于心
千年光阴，恍如浮尘
积淀出一座让人仰望的孤山

身处深厚的印学历史
我心中有万千感慨不可说
茫然如一方闲章
不知该将一把孤瘦的傲骨
钤往哪里

[岁寒]

岁月的薄雪还没落定
就融化成世人眼中的泪水

凛冬，岁寒。
世间清寂，犹如大病未愈

有人围炉煮茶，有人隔空问安
我在巴山深处小居蛰伏
听夜雨敲窗，内心无处安放

我的惶恐是平静里埋伏的惊雷
能长久地静默吗？

风吹过腊月的门窗
犹如穿过生活的针眼
尖锐并非无法把握
而是命运有一双颤抖的手

[新 愿]

有一座小庭院
种一树蜡梅，一树桂花

和相爱的人坐在树下
闲看新叶吐绿，静待花开叶落

没有花开的日子
就让它荒着

草长起来了
慌慌张张的日子
才有地方躲藏

[七月初二：暑中忆]

翻看日历，突然一惊
十一年光阴竟然过得如此之快
仿佛，刀锋闪过
曾经痛失母爱的悲痛哀伤，已悄然结痂
触摸不到任何痕迹

除了农历中的这一天
让我想起您……
和您每年都被遗忘的生辰

我很愧疚，从未为您准备过礼物
却牢记着那一年的夏日
您从木桶里舀起一瓢清水递给我
"我就是在背水路上生的……"

那时，您的年华似水，目光清澈
仿佛前生，看着来世
我尚年幼，不知生离转眼就会成死别
更不懂得一个人离开久了，空出来的地方
慢慢就会有沧桑来填满

那些从记忆中抽离的部分
那些从念想中逐渐清晰的影子
因为经历了悲欢
最终会获得泪水的原谅

[偏居小城]

青山无尽
毕竟隔着俗世的栅栏
流水有岸
挽留不住浪花的消散

清风寄来了花香
流水也曾怜惜过落花
谁不叹息，稍纵即逝的事物……
没有什么轻易被掌控

四面青山环绕
我在小城的寂静里偏居
寻求一种短暂的安宁
唯有流水青山相互撞见
仿佛一种阴影
被投放在了更为陌生的地方

[寂静山林]

鸟鸣犹如深渊的回声
寂静，亦是极境
当清风穿过密林
一座山就有了荡漾的部分
谁是飞溅的浪花呢
风声如梦
一定有什么
找到了自己的源头

[**局限性**]

流水远道而来
随身携带着低音的琴弦

太阳有一根发光的扁担
世界那么重

谁来替它换肩?

如果不是晨光和夕阳红着脸不说话
我一直以为自己就是那发光的一部分
我们肉眼所见的光芒
其实是自身撕裂局限的伤痕

·创作谈·

流水光阴里的喧嚣与寂静

年少时,我的家在海拔近3000米的高半山区,放眼即可见大金川河谷里的大河,大河奔腾之势尽在眼底。放羊牧牛的时候,我常常是一个人坐在山头,看水、听风,幻想有朝一日坐在大河岸边近距离听听河水奔流之声,然后顺着大河拐弯的姿势走出大山去看看天边的世界。群山静默不语,山风徐徐吹过,仿佛山神的抚慰。山头缭绕的白云和山下浩荡的大河,仿佛两种命运诗意的暗示:寂静与喧哗,从小就在我的生命里对抗和挣扎。正是这种山与水的静与动,无声无息地滋养着我后来的诗歌写作。

从小学六年级开始,我离家求学,从山村到乡镇、县城,再到千里之外的异地他乡,一条山间的狂野小溪,从走出大山开始就开启了漫长的汇聚和吸纳,再也无法回到清澈的源头。这种奔走让人疲倦,停不下来是流水的命运,也是异乡人血脉里缓慢流淌的无尽哀愁,而诗歌恰好是浪花翻涌的光芒,给予我疏解和释放。忙碌生活之外,诗歌给我打开了一扇窗,写作为我新辟了一条路:纸上还乡,打量世界。

坐在河边看水如同坐在山头观云,我们看到的都是不可把握之物,流水光阴皆是流逝,白云苍狗皆为幻境,不可捉摸的人生与不可描摹的景象在诗歌里一次次呈现出了温婉的气象,这就是诗歌的力量,于无声处藏惊雷,在虚无处显张力。浪花奔涌不忘清澈的源头,尘世喧嚣保有一颗寂静之心,这是流水的哲学,也是一个诗人应该据守的初心。就像美国著名诗人罗伯特·勃莱的诗句写的那样,"寺庙里的钟声已歇/但声音仍从花朵里传出来。"这传出来的声音,就是诗歌。

诗歌是无声的流淌,也是入心的安慰。你的心里有美好,笔下就有温度。我们写下的诗歌,应该有大山的筋骨,更要有流水的肉身,流水光阴里的喧嚣与寂静,才是我们追寻的烟火里的诗意人生。

青年诗人6家

杨碧薇_抱在一起就火树银花（组诗）

李昀璐_鹧鸪天（组诗）

吴天威_秋风来过（组诗）

马思思_海上有梦（组诗）

黄轶凡_慢慢，及其他（组诗）

程 渝_昨天像大剧院里展演的情景剧（组诗）

抱在一起就火树银花（组诗）

◎杨碧薇

【作者简介】杨碧薇，生于1988年。文学博士、艺术学博士后。中国作家协会会员，中国文艺评论家协会会员。出版《下南洋》等诗集、散文集、学术批评集共五部，网课《汉语新诗入门：由浅入深读懂汉语新诗》入驻腾讯视频和知乎。曾获《十月》诗歌奖、《钟山》之星·年度青年佳作奖、陈子昂诗歌奖·年度青年批评家奖、《扬子江诗刊》年度青年诗人奖·评论奖等。

[变 奏]

在这里，诗必须面对一份困境（一枚核桃？）
——无法"脱口而出"（"用牙齿咬碎"）
只能让位于一种不存在的乐器
一朵卷边的黑玫瑰
一片向内流动的海
或许还有一件
从未被穿过的锦袍
爬满金丝的衣襟，正以倔强的柔滑对抗
你我面前
且进且退的花音
（等等，"这里"是哪里？）

在爱之前，我们已经爱着
在我们之后，爱亦不会消失
它早于宇宙大爆炸，晚于道的终结
时间不过是它掌上
到处乱爬的小东西

有时激越有时恬静有时理智清醒有时又，疯头疯脑
反反复复反反复复穿梭如风，听听那弦！

我浩荡的青春期竟有一颗方言的蜜枣
掉
在
这个
深秋了
我拾起它，唇畔有迟来的微酸
好吧你恐怕是我乡愁中的第一个
也是最后一个男人
好吧你是
你说是就是

[访永和乾坤湾]

行至此处，黄河拐大弯
乾与坤，那遥望万年又暗相角逐的力
开始跳起
纯金华尔兹

翻过多少澎湃，跌来撞去，终于遇见你
虽这照面
短得只能装下一支舞曲
"请记住我"，埋首于他肩胛骨的水底涛声她听见他说
一路向东，去那包容一切又消解一切的浩瀚之地

"让我们重新开始"

[告别的信]

你现在好点了吗，伤口还疼不？
知道我们回不到从前了，
但我还是得表达清楚：
你真棒，竟获得了我的心。
尽管你也让这颗心上
莹洁、明亮的玻璃窗，

变得不够舒展
也无法瑰丽了。
愿这只是暂时的,我相信。
在你康复的过程中我也需要一场
艰苦的治愈。
那就这样吧,最后一次,
假装我们未曾分开。
我想吻你一万遍,
然后再去过我风雨飘摇的人生。
你多休息,少抽烟,
我也该睡了,戒掉晚安,
安。

[爽 快]

爱一个人最好的事莫过于
从发芽到盛放都不惧枯萎
从心灵到身体全给了他
感觉到自己是一团烈火,正好他也是
抱在一起就火树银花
烧到极限便化为灰烬

[五行诗]

相见恨晚
用对望代替厮守的海和天

但我依然固执地热爱
那些我们共同捍卫并守护的
虚幻小火焰

[发 烧]

听到柱式和弦小情歌
便知是你了
二十年嘞,在我们出没的
台球室,咖啡馆,酒吧
在心灰似雨的凉夏夜
你的车尾撞击电线杆的星火一刻
在今晚,山隔山水重水
——二哥,每一次的爱
竟都像初生的婴儿
用跋扈的任性一再削开
我们身上从未
彻愈的逆鳞

哎嗨,你又中了丘比特的箭
发烧一般,领跑甲流和春天
"为爱情神伤的过程,就是艰难地
等待退烧的过程"
我,不合格的医生,摊开手看你
咒天骂地,受高温的刑
正如我受刑时
你四分心疼,六分理智的
学者式旁观

除了时间,再没有谁
能给出解药
而此次发烧照样是为了让我们
多年后大笑着
把今天的苦水吐出来
像话剧场里的段落
说陌生人的锅铲,上辈子的云烟

在那场轻松的叙述降临前
我们必须练习承担
以确保,烧得更彻底一些

鹧鸪天（组诗）

◎ 李昀璐

【作者简介】李昀璐，生于1995年，云南楚雄人。作品发表于《人民文学》《诗刊》《边疆文学》《扬子江》等。出版诗集《玫瑰星云》《寻云者不遇》。

[行香子]
——遥寄周幼安

消瘦的园林中你慢慢捧出月亮
枯山水之中，旧楼阁
浮动光华

前世的窗子在镜中
透出一株哀怨的晚唐

你站立其下
如同修长的翠色瓷瓶

在阔大的桂花香中猛然失神——
爱且如渺然幻觉

还有什么极易忽略的滴漏
会再次落下令人战栗的水花？

火焰，亦是满月的一种
幽黄的图腾，遍布开片的裂纹

江南在这片刻之间返青
你已经整理罢仪容
端坐成树

[鹧鸪天]

雨后，你和秋天一起降落高原
在随机生成的路上，站台隐藏名字
滇池在不远处，吐露潮湿风声
梦中没有通向它的路，我们止步
你指向你的家乡，为我指认
童年的学校，孤独的公园
以及十六岁时的高墙
在那些素昧平生的时间
我们在同一道题，写下不同的解
鱼跃入镜中，烟火悬停水面
我们背诵：流水落花春去也。
公交车疾驰过站台，我回头看
你失焦的神情，在天色中渐渐暗下去
惋惜：就在此刻错过吧
你真真切切在昆明
我亦真真实实在梦境
无人知晓那辆车前往何地
世界的出口在十九岁时已经关闭
不再有新的转机与陈情
你将返回比天空更远的地方
且放白鹿青崖间
我也要醒来
忘掉所有说过的和未说出口的话
在开满海棠的小院子
花沉沉睡去
风铃整夜唱歌

[你有接近玻璃的蓝]

在门外推开，高山镇纸
于迟钝的铜镜中折叠变黄
成为一只翻转的枯叶蝶

墙上反射落单的白鹤
修长的腿骨站立成生硬的苇草

从南朝取下的月亮
每天深夜都会起火

我们无法比一首诗更幸福了
双手合十，江水尚未招安
你有接近玻璃的蓝

[晚安，库洛希亚玫瑰]

你选择何时沉睡，何时
就是夜的开始。人清醒的时候
会像一颗自转周期不定的星球
在心中虚拟无数次日升日落
一天中光芒最盛的时候，我们
拥有无数种颜色就像，坐拥无数座
花园。孤独可以是飞鸟，时差，
也可以是花园。是一个车水马龙的午后
华灯初上的傍晚，你始终
身怀光明无法读懂的部分
却使得自己更加醒目。无数次
我看到迟缓的目光、破碎的笑意
和发白的衣领，会为自己
衣着光鲜而羞愧不已

秋风来过（组诗）

◎吴天威

【作者简介】吴天威，生于1991年，布依族，贵州荔波县人，哲学硕士。中国作家协会会员。作品发表于《诗选刊》《星星》《中国诗歌》《诗歌月刊》等。著有长诗《布洛亚田园记》。曾获第二届尹珍诗歌奖新人奖，首届贵州省文学奖三等奖，黔南州首届文艺创作贡献奖三等奖。

[寻窗外玉屏山的一抹绿]

我喜欢绿的身影在光的作用下浮现，
温暖而又细小的缝隙总能留给你
片刻的憩意，正如我喜欢重逢的相思，
春色恩赐给大地的灵感，那是使我
一怀愁绪的理由。

渐渐地，我不再是一个人
我是山间等风的树，我是天边
等一城灯火的晚霞。只有城镇的四周沉浸在
森林所带给的静谧。

此刻我的思绪多么像一只飞鸟，始终
在窗台上盘旋着什么？
我的美食是樟江河里的游鱼转瞬却化为乌有。
我喜欢当离别的真相如乌云一般散去，
自有泪流满面的时刻。

[在村口处静看成群丘山]

"山静美！"你说。
是的，如五柳先生的桃源。
不仅如此，你又说："山林中有果园、荷花池……
硬化的山间小路，偶尔一辆汽车在其间往返。"
不仅如此，老木楼风烛残年，
日落与远山彼此慰藉。

[如你所愿]

如你所愿，我的悲与愁已随着山间
冲淡。早晨的迷雾尽散，一轮红日在山那边
慢慢升起，多么新的一天
是的，我距离你，越来越远
漫山遍野上的植被是不知愁绪为何物的
它们只管迎接清风、细雨
它们只管接受雷鸣、闪电
如你所愿，一城的夜色暗涌、灯火弥漫已
　与我隔绝
作为尘世中最不起眼的农夫，
一壶酒、一盘花生，足矣。
是的，你距离我，也越来越远
我们的山丘不变
我们的河流不变，如你所愿——
我们曾为此互相倾心
用力吸收每一片绿叶赐予的氧气

[油画艺术家的梦境]

梦里有远方，有你的田园人家
农夫耕种归来，白茫茫的云朵
转身入夜。我不见山丘绿幽幽的脸颊，
唯有钻进你在钢琴边演奏的乐曲里
美妙的旋律一如梦的我
虎笑拎着小提琴从画室走出来
他长发一半是卷，一半是飘

今夜，他又会对自己不肯命名的油画
作何思索。远方如同近处，风景宜人
且春色不曾散去，如同艺术家思绪的精灵
在他画里延伸画外的空间
时而张狂，时而收敛
而山水笔墨在梦境的抽象中没有尽头

[秋风来过]

春山空飞涧，一场雨在风中
摇摆着赶来，我伫立在河对岸的小陆块上
远望它落下的白。在它的眼鼻底下
鱼群在河面上随意跳跃，落日不会愁苦
把天边染出五彩的云
黑云散去，雨停了下来
风由强劲变成柔软，轻抚我的老屋。
母亲骑着三轮车从菜地回来，父亲恰好
也从河边收拾完渔网；
他们的容颜，一年年在风中苍老
小河清清、桥边柳成荫，雨来、风过往
春夏秋冬、恍如生命只一瞬。
……太匆匆，回首秋风凉，只一句：
惘然。我走出河岸，追着风一路归去来兮
任凭风来去，万物在一片静谧中入夜

海上有梦（组诗）

◎马思思

【作者简介】马思思，生于1989年，毕业于四川师范大学中文系，现居德阳。作品发表于《草堂》《星星》《华西都市报》《存在》等。

[嗯]

我曾经在这座堡垒里
卸下身体里的痛刺
最后的日子，大哭了一场，像用另一种泡澡水
洗净了生活那毛躁的苦
像漂泊的孩子，终于又回到海面
海上是没有列车的
但海上有梦。
"手牵在口袋里"，如果新年有礼物，在梦的尾巴上
这颗无声的糖就是礼物。
在日常声音中，我听到过岩石的风响
我知道有一个地方，有一座岛，在为我久远的过去歌唱
海上有梦。
童年我站在河流的东岸，抛掷过干净的石块，一直到西边
　太阳降落
长长的弧线把我带不走的时间摇动起来
我很想你可以陪我看见
未涨潮的星星
和五彩鱼湿润的眼

[橘 灯]

漂移的渔船在海上亮起橘灯
夜色加重山水的重量
而我屈从于一种轻柔的力
仿佛不可辨的星辰
在身体里留下一个天体

[说]

她说：文学是呈现一种幻象
她说：我们曾被攫住，在某个瞬间
以读者与写者的通感
她说：只有鸟雀才能分辨
镜子里的时间
她说：海面光正在啜饮
伟大的梦的裙摆
她说：我们都有深渊
为祈颂而挣扎
她说：桌上杯水已冷
淡木纹会接住对谈，下群人会来
她说：脆弱是生命的底色
是翅膀的翅膀
她说：日常与艺术间
有古老的敌意

我说：你不断推移的身影，就在这大海上

[豹 影]

莱纳
沉睡的时间是否比流动的时刻更具有意义
在失去你的河流上

我好像更容易抵达你
不再穿过日子与日子的隔墙

拒绝承认你已不在这个世界
却总是沿着伤口的拉链回放
解释你的离去
甚至对着梦，敲碎我全部的记忆

每一次，当我陷入困境
我都像重新背负起某种奇异
翻越那些星海再次见到你
你长眠不醒
却可以看清我眼中的豹影

莱纳，你留给我的只有一双深秋的眼睛
而那天的风，一直没停。
十月天空，带着朴素教义
我却渴望，进入繁星

[雨 声]

雨声在黑夜绸布上
踩动着细密针脚
一副湿答答的古老画像
上面挤着世世代代的生活
有人戴着蓑笠
沿一条小路步入山中
在寺庙的瓦光下　换下沾湿的衣服
然后静静躺下
借着这雨声
我能听见他轻慢的呼吸
和涨潮的记忆
像土地上任何松动的感情
雨水浸透的光飘在峰顶
和他额下的瞳孔里

慢慢，及其他（组诗）

◎黄轶凡

【作者简介】黄轶凡，2002年生于安徽合肥，现就读于安徽大学新闻系。作品发表于《诗歌月刊》等。曾获第八届南京大学重唱诗歌奖、第六届哈哈诗歌奖。

[慢 慢]

缓释伞面承接重力后的疲惫，是雨一直在修复
肉身的桥梁。双足深入泥泞，像处在过渡中
隐喻的变革，不会轻易泄露，但总能抵着情绪。

往事沿着鱼的背脊一直游到现在，措了多少
新词？而我已经过期。流水仍不断重写两岸
限制的时间性：惊雀对枪响节奏的把握远胜于我。

轻曳雨湿的灯罩，犹如身心每一处敏感的集合。
置身局外，蜷曲哑光中的寂静，将夜的倒刺溶解
并等待齿状树林不规则的躯干，缓慢抬高梨花。

[回 复]

在转身离别的车站，我想
我已经浪费了太多的语言。
是啊，在这疯狂的土地上，
我本该拥有一块属于自己的波西米亚。

可是我没有。

记得亲吻她右手时，温暖的
南亚季风，带来阵阵清凉。
也是在那一天，我第一次看见
完整无瑕的蓝色。路灯下，
浮动着楼宇、椰林和我们的剪影。

那么迷人，像骏马华美的腿部。
那时，我的步调轻盈，语言轻松，
能够给予一切力的回击。
现在，只剩缄默筑起藩篱，
浓雾中不时传来坚硬的呼喊。

"彗星是对夜晚粗暴地破冰！"

[晚 宴]
——《琵琶行》新编

一步步，轻巧如枫落，
更惹屏风中醉意。深秋失败，
她用琵琶半遮，风韵犹存的枯脸。
在京多年，太了解，动乱下
活着的曲调：她的一生，
都将付于转轴拨弦的三两声中。

大红灯笼复照青衣，在这
缓慢的血泊中，她再无亲人。
每一个凄寒的夜晚，她没有泪水，
只是在船头，在月下，一遍遍
捻抹着琴弦。风景如是变幻，
隐约的烛火，隐着无限长亭短亭。

那位做官模样的人唤她进去，
但她没有。那里觥筹交错，

抱怨着偏僻的享乐。冷雨勾勒
她的对峙胆，气息如铁。梅花险照
虚空，她明白，道德在衰减。
听得几声哭泣，如此揪心。

[同心圆]

像是为了避开，热浊的水流
一帧帧冲淡你焦糖味的躯体。
你撷下晚熟的桃花，把自己
斜在布满裂纹的瓷器中。

从一幅水墨画逃向内心独白，
不时翻新晦涩的远景，如云朵
在天空中浮动，承受雨水塌陷。
隔岸的渔火，被一瞬感觉消耗。

烛光里升起的鸟群，修饰你
的瞳孔。雪幕，潇潇垂落，
操纵环形结局，映衬月影的退潮。

当你收到来信，是否能想起
某一个久病初愈的夜晚，我们
扶正镜头，微调命运的焦距。

昨天像大剧院里展演的情景剧（组诗）

◎程 渝

【作者简介】程渝，本名程真辉，生于1999年，重庆垫江人。重庆市作协会员。有作品发表于《诗刊》《中国校园文学》《鸭绿江》《诗林》《边疆文学》《连云港文学》《椰城》等，曾获第五届国际诗酒大会现代诗校园组铜奖，第九届中国（海宁）·徐志摩微诗歌大赛大学生特别创作奖，首届"泰山大学生诗歌奖"三等奖等。

[外 婆]

黄昏中：她坐在病榻，
望向天空，出现残月的天空，
念叨对死亡的恐惧。
劝导外婆的姨娘，
她们没有临近过死亡，
她们的视野，只是眼前的黄昏。
外婆怎能听得进去，
她拥有苦蒿的大半生：
年轻丧夫，摆摊拉扯大五个孩子，
在晚年安得清福。
她念叨着，像个孩子，望着黄昏。
我和她望见的，是同一片黄昏。
黄昏下，我又看见了：
在某个黄昏里，她追着我跑，叫我慢点儿；
喂我吃冰糖，叫我慢点儿……
——黄昏呀，你能不能慢点儿，
我还没准备好，
接受日落。

[演 员]

昨天像大剧院里展演的情景剧，
演员退场，观众离席，
我在舞台中央的光圈里
期待再次出演。我躺进漆黑的房间，
睡去，像是中场休息。
又逢新的一天。
演员陆续登场，观众先后到来，
今天的我演着昨天的剧目。
厌倦的演员离场；看烦的观众离席。
我照旧表演。
台上依然有演员，台下依旧有观众。
每天有不同的演员和观众。
如果哪天我尽失演员，
我仍会表演。演的是独角戏。
如果，我不再有观众，
不，不会有那天。我是我自己的观众。
直到，我从大剧院退场，
幕布降落；属于我的演厅不再被使用。

[嫂 子]

若不是受够伤害，谁愿选择
离婚。最坏的好结局。我说的是
我的嫂子。她晒出协议书，
我询问她。她像块石头。
之前，他们也离过。那次，
她是个泪人。她开口讲述
哥哥的种种。我看见：她眼里的死水
和她挂满的憔悴。话到一半，
她倚靠着墙，喝了口水，
吞下要说的话，连同其他伤心事。
好一阵，她再次开口：
"明天，我要去往远方

这里有太多羁绊，治愈自己是件难事。"
或许，她想说的都说完了。
我们就这样站着：像山口两岸的崖壁
对断裂的地方，只字不提

[鸟]

雪白的，不知道是什么鸟
在牡丹湖湿地公园，水没草脚的洼地上
站立，啄羽
——有两只，搏击长空

还有一只
在无形的铁笼里，刚写完这首诗

[与友记]

我们在垫江的长兴水库
共赏野鸭泗渡。沉郁的水面
渐被太阳晴朗；滩涂的泥土
还因昨夜的雨水，暗藏忧伤
我们沿着边缘闲步
每一步，都先行试探
尽可能地，不触碰他物的软处
一行人就这样缓慢地行走，梓毅在最前
也是第一个，陷入泥泞
他拔出脚，再对鞋施救
挥手说着无碍。一股豪迈的气息
在我们间上升。夜晚
悄然降临。我们回到酒里
多与少不再是我们
判断感情深浅的标准
因酒诞生的情谊，也不需酒来续命

· 点评 ·

心灵映照下的诗意世界

祝立根

六位优秀的青年诗人,杨碧薇、吴天威、马思思、李昀璐、黄轶凡、程渝——认真阅读他们的组诗,能从其诗作中窥见其诗歌创作中的精神世界和审美趣味,以及在诗歌语言、技艺、文本上的跋涉和领悟。他们以各自的诗心,为这个普遍扁平乏味的现实,带来了心灵映照下的不一样的诗意世界。

情绪充沛进而语言流速较快,杨碧薇这组诗歌让人产生了阅读的痛快感和爽利感,也保证了这组诗歌的统一性和整体性。日常或口语语境"你多休息,少抽烟,/我也该睡了"(《告别的信》)则为这组诗歌获得了一种贴心感和即视感。所谓"遣兴莫过诗","遣兴"的同时,杨碧薇的这组情诗没有将诗歌限制于个人的私情,而将此"爱"向上拔升,有意识地扩展为诗人精神的乌托邦和桃花源,由此而来的"爱"之艰难和创伤也必然出现,"在你康复的过程中我也需要一场/艰苦的治愈。"(《告别的信》),由此其内心的坚守也必然决绝,"但我依然固执地热爱/那些我们共同捍卫并守护的/虚幻小火焰"(《五行诗》)并以一种拥抱的姿势去自觉面对"在那场轻松的叙述降临前/我们必须练习承担、以确保,烧得更彻底一些"(《发烧》)。

这几乎是一种殉道者般的热烈的爱。"爱"可以被视为杨碧薇内心的光源和根据地,爱是冲动的、非理智的,杨碧薇熟稔诗歌评论,也受过严谨而精深的学院教育。清楚情感和理智之间的交融和边界。"你四分心疼,六分理智的/学者式旁观"(《发烧》)。显然在这组诗歌中，或诗人的内心中，诗歌的"情感"之分大过了"理智"之分。或许说明这是其深思熟虑的选择，是诗歌道统与道路的选择。就像这组诗歌的名字那样"抱在一起就火树银花"。

吴天威的《秋风来过》这组诗，则试图用山水田园抵达一种内心的沉静之美。这可能是因为其生活环境相对纯净、安宁。作为中国古典诗歌最重要的传统之一，山水田园诗在呈现美之场景时，抵达了"诗中有画，画中有诗"的情景交融的境地，即人与景交辉相映。吴天威试图抵达这样的境地，"渐渐地，我不再是一个人／我是山间等风的树，我是天边／等一城灯火的晚霞"（《寻窗外玉屏山的一抹绿》）。他也试图回到这样的传统中，"一城的夜色暗涌、灯火弥漫已与我隔绝／作为尘世中最不起眼的农夫，／一壶酒、一盘花生，足矣"（《如你所愿》）。也正因如此，吴天威的诗歌呈现了一种水墨画的平和、优美，安闲而舒缓，语言的速度也得到了一定的放缓和抑制。

值得一提的是，吴天威在山水田园的处理中，主动屏蔽了现代文明和山水自然的本质性冲突，工业文明和农耕文明的冲突几乎是根源性的不可调和的，但在此，诗人用美、用主动避让的方式，将"三轮车""硬化路面""汽车"等现代文明的器物放置于山水田园之间。至少在视角层面上达到了诗意里的和谐和统一。"母亲骑着三轮车从菜地回来，父亲恰好／也从河边收拾完渔网"（《秋风来过》）；"硬化的山间小路，偶尔一辆汽车在其间往返"（《在村口处静看成群丘山》）。而《油画艺术家的梦境》一诗，则可看做其诗歌理念的"画里延伸画外的空间"。

马思思《海上有梦》这组诗歌让人产生一种迷离的场景感觉，细读下来发现这样的感受来自诗人语言的奇异性和意象的断裂性。"每一次，当我陷入困境／我都像重新背负起某种奇异""我却渴望，进入繁星"（《豹影》）。这种具有个人特质的审美感，无疑是其诗歌的亮点之一，戈麦说"语言是劈开心灵的利斧"，而马思思却用语言劈开了其想象力，"雨声在黑夜绸布上／踩动着细密针脚／一副湿答答的古老画像"（《雨声》），"海上是没有列车的但海上有梦"（《嗯》），这可能来自于马思思对诗歌创作的理解，"日常与艺术间，有古老的敌意"（《说》），"而我屈从于一种轻柔的力／仿佛不可辨的星辰／在身体里留下一个天体"（《橘灯》）。

在《嗯》《说》《豹影》三首诗歌中，马思思似乎在寻找一个对话者，有时这个对话者是一片海，有时是诗人自己。这种倾述式的书写总让人觉得诗人身边陪伴着一个沉默的倾听者，倾听着诗人不停横跳的思绪和场景切换。"像土地上任何松动的感情／雨水浸透的光飘在峰顶／和他额下的瞳孔里"（《雨声》），其口吻笃定而自我，"我知道有一个地方，有一座岛，在为我久远的过去歌唱／海上有梦。""我很想你可以陪我看见／未涨潮的星星／和五彩鱼湿润的眼"（《嗯》）。而《雨声》一诗的描写，是用形象替代了声音，是对"雨声"感受性的形象转换。

"消瘦的园林""月亮""枯山水""楼阁""窗子在镜中""修长的翠色瓷瓶",李昀璐《行香子——遥寄周幼安》这首诗,其语言节奏和美感,让人想起张枣广为流传的那首《镜中》。但有意思的是,这首诗中有一句:"火焰,亦是满月的一种／幽黄的图腾,遍布开片的裂纹",意外地跳脱出了整首诗的古典意象,产生了一种陌生的美。"墙上反射落单的白鹤／修长的腿骨站立成生硬的苇草／从南朝取下的月亮／每天深夜都会起火"(《你有接近玻璃的蓝》),"在心中虚拟无数次日升日落／一天中光芒最盛的时候,我们／拥有无数种颜色就像,坐拥无数座／花园"(《晚安,库洛希亚玫瑰》)。我视这几首更接近个体的李昀璐而非文化的李昀璐。在《鹧鸪天》一首中,诗歌在叙事与抒情之间达成了一种协调,在追忆往事中抵达了一种不可挽回的忧伤之美;而《你有接近玻璃的蓝》的寂寥,《晚安,库洛希亚玫瑰》的沉郁,都是"从南朝取下的月亮"(《你有接近玻璃的蓝》)。不断测试写作的可能性,包括语言、意象、文本架构和各种审美的可能,是一个优秀诗人的必由之路。李昀璐在诗歌创作中的不停测试亦可视为其不停抵达的自我的修炼。

黄轶凡同样在诗歌中运用了古典诗歌的美学因子。但同时诗人也想要在这样的美学方向中找到心像和事物的连接点。在《慢慢》一诗中,诗人一直在试图消解现实事物的固有意象,并渴望重新命名或重新建立词与物,词与内心的关系。"往事沿着鱼的背脊一直游到现在,措了多少／新词？而我已经过期。流水仍不断重写两岸／限制的时间性:惊雀对枪响节奏的把握远胜于我"(《慢慢》),在"词""物""人"之间建立有效且崭新的关系让诗人有着内在的自信,"是雨一直在修复／肉身的桥梁。双足深入泥泞,像处在过渡中／隐喻的变革,不会轻易泄露,""而我已经过期。流水仍不断重写两岸"(《慢慢》)这样的诗歌写作幽微而晦涩,犹如月亮照在井中惊起的微澜;是难于控制和难于把握的,一如"惊雀对枪响节奏的把握远胜于我"(《慢慢》)。而难于揣摩的"情绪",也变成了粘合《慢慢》三节的主要力量。"但总能抵着情绪"(《慢慢》),这情绪其实也是感受、情绪和念头的叠加体。这样写作的好处是对细节有意外的加持,"那么迷人,像骏马华美的腿部"(《回复》)。坏处是整体容易失衡。这样的书写在《回复》《同心圆》两首诗歌中稍微削弱了一点,两首中即刻呈现出外在的相对清晰的逻辑和形象,"那时,我的步调轻盈,语言轻松"(《回复》),"当你收到来信,是否能想起／某一个久病初愈的夜晚,我们／扶正镜头,微调命运的焦距。"(《同心圆》)整体感也就得到了相应的加强。

蛮有意思的是,《晚宴——<琵琶行>新编》一首中,诗人以叙述的方式写得直白而流畅。这种对经典切换视角后的反向解读和利用,也为读者带来了不一样的阅读感受和情感共鸣。

对生活的审视和自我内心的关照使程渝呈现一种较独特的精神气质。也是其诗歌创作中对内对外视角切换的根由和方法。"台上依然有演员,台下依旧有观众。/每天有不同的演员和观众。/如果哪天我尽失演员,/我仍会表演。演的是独角戏"(《演员》),"还有一只/在无形的铁笼里,刚写完这首诗"(《鸟》)其自身的孤独感跃然纸上。但现实生活中的冲击和花招频繁迭出,不得不让程渝在诗歌中映射一种普遍的现实的疼痛感和流离感,也对身边的亲人有了更多的关照。"她拥有苦蒿的大半生:/年轻丧夫,摆摊拉扯大五个孩子"(《外婆》),以人及己,推己及人,人世的孤独、苦楚和无奈,自然成为诗人无可避让的内容,"我还没准备好,接受日落"(《外婆》),"我们就这样站着:像山口两岸的崖壁/对断裂的地方,只字不提"(《嫂子》)。触及现实人生,诗歌中的叙事性自然展开,故在《外婆》《嫂子》《与友记》三诗中,诗人在自我与世界,事物和诗意、抒情和叙事之间找到了较好的平衡和切入点。且很明显程渝意识到了这样的平衡和切入点的重要性。"每一步,都先行试探/尽可能地,不触碰他物的软处"(《与友记》)。

诗歌无疑是最难于作伪的艺术形式,诗人每写一首诗,无疑都要调用自身的审美、技艺、智性与情感,无疑都会牵连出诗人自身的生存处境、成长经历、文化教养和个人性格等等。本卷六位诗人的诗歌,即真诚地为我们展现了不同的诗歌思智和诗歌情感。也愿他们在心灵之域与现实之境相互碰撞和交相辉映之下,写出更多更好的诗歌,在辽远而辉煌的诗歌之路上越走越远。

【作者简介】祝立根,云南腾冲人,现居昆明。出版个人诗集《孤山上》《宿醉记》等。第16届首师大学驻校诗人。曾参加青春诗会、十月诗歌笔会。曾获华文青年诗人奖。

非常现实

冲出体内的铁水（组诗）

◎汪 峰

【作者简介】 汪峰，江西铅山人，现居大凉山。中国作家协会会员。出版有诗集《写在宗谱上》。曾获"2022江西省年度诗人奖"、《诗刊》"云时代·新工业诗歌奖"。

[铁呀铁]

一块铁从肩胛中取出
一块铁在锤子下延长
一块铁被十指狠命地按住
一块铁插进生活的崖缝里
一块铁郁积成一块巨大的石头
一块铁把石头和盐拼命地收进胸腔
一块铁抱住自身的斑驳和闷雷
在烈焰中反复地炸裂
一块铁旋转在命运的螺纹里
一块铁不断被塔吊拧紧到高处
而他的志向略小于一枚落地的针

[熔炼炉]

朝霞与落日在横断山脉砸了一个坑
我把自己推倒在地
充满皱纹的脸，有着钢铁和盐的气息

阳极与阴极，正好映衬着山南与山北

挖矿的人，向纵深挺进
流水顺着河道继续放纵自己

我把自己抬高，蓝天高于群山
火焰高于海水，山路
高于坦途

这爱与熔岩的聚集地，犹如眼眶
有铁水疯狂地涌出

[月]

砌在骨头里的孤月
我有夜深人静的独白

我有小钥匙
大地的腰间晃动着很多铁片的声音

用一块石头测试土豆的
平凡之心
用一根茅草去割破风的苦胆

用群山，去安慰一个目盲已久的探矿人
群山，只不过是搁在他头颅下的小海拔

饥饿时
月亮咸萝卜一样
蹲下身子
用白铁皮勺子
倒给贫困的高原
满天的白米稀饭

[运矿车轰鸣]

简易公路收放自如
轰鸣的运矿车卷起尘土

云朵裹紧蓝天的工装
石头一个闪念就成了人间的矿产

老鹰抱着对大山的眷顾
几棵松树从不拦劫扇动的群峰

他始终盯紧命运表盘摇摆的刻度
紧握着方向的铁不肯松手

风在他混杂的头颅上浇筑水泥
话很少，皮肤原谅了高原的粗糙

一个山谷，被反复打磨，他遭遇坎坷
但橡胶轮胎一点也没有松懈的念头

……当他钉子一样垂下来
当辽阔，钉上星星的耳钉

心有不甘
头顶的河流就会放干自己的清水

[废弃的矿坑]

空有肉身，空有蛛网
走失了的青春，他是下一个
他是一种塌陷，一种失陷
剩下的东西不多
剩下的时间也不多
一个旧时代杵在哪里
一个白发苍苍的椴树拄着拐杖
在横断山脉的大山中
一段轰鸣渐渐干涸
干打垒，都是一些低调的人
没有姓名，没有性别和年龄
一律以矿工的名字，一律以
采矿设备废部件的形式
一律以散乱的记忆，砌进石碑
烈火仍很踊跃
从四面八方涌来的流水
还在野花中扑闪
风掠过，头发试图飘起来
他试图站起身来
像石碑一样挺拔，像横断山脉的群峰
一样峭拔
黄昏擦拭着山冈的底色
埋在脚下的草
都有一段沉降铁锈的年龄

一生中写过多少次母亲的名字（组诗）

◎朱永富

【作者简介】朱永富，生于1984年，贵州纳雍人。作品发表于《人民文学》《诗刊》《星星》《草堂》《十月》《山花》等。出版诗集《稻草人》。曾获2019年贵州优秀文艺作品奖，第五届国际诗酒文化大会"让诗酒温暖每个人"全球征文社会组现代诗金奖等。

[后来]

我们都作鸟兽散，有人扑棱翅膀的
同时，有人已离开苞谷地。

我们都是自家族谱上的文字，蒲公英一样
剥离老房子，
我们和最先认识的陌生人组成了词，
和更多陌生人，在城市的语法中组成词组或句子。

后来故乡就成了一台老旧的打字机，
还在源源不断地制造新字。
只是我们心里，
已落满尘埃。那些逐渐荒芜的土地

如一页老旧的稿子。

[坐井观天]

拉开窗帘以后，我就得出心中的答案：
天就只有窗子那么大。

群星迢迢,牵牛和织女,占着古老的位置
亿万年。更有过分者,
借着明灭的光,越升越高。
这是夜晚啊,那只天外飞来的小鸟,
还未抵达。答辩尚未完成,
一只井底之蛙,空有井口大的梦想,
又怎能把生活过成寓言?

[上午茶]

头开过后,我们便适应流水,
苦涩和淡,已崩溃在秩序之间。
悬浮的叶片和泡沫,如春天的往事,
在舌头的根部,
留下少量的冲击和况味,
仿佛甘霖久旱之后汹涌而至。
这是初冬的早晨,
阳光斑驳如满地碎银,草木之间
已长满落幕的褐色斑,
公道杯的抒情,已过滤掉泥土的枣红色,
整齐的叶尖面朝流水。
一个坐在自己对立面的男人,这需要
多大的仇恨。拉拉杂杂的前半生,
琐碎得像一地斑驳霜花。
仍然没有固定的开头和结尾。
沉浮如眼前杯中之物,明明是一泡
老曼峨甜单株,
细品之下,却人间大苦。

[乡场上]

卖肉者三两有别,卖菜者
七八有余。
来自田园的时令蔬菜,

坦然静谧,
青菜青葱,萝卜白净。
小葱和苦蒜,刚从泥土里
抽出脚踝,细胳膊细腿。
辣椒半青半红,装满箩筐,
小摊位上,远道而来的甘蔗、苹果、香蕉……
也光鲜明亮。
只有肉摊肥瘦有别,按斤掐两。
雾气腾腾的一天,
如同刚出锅的豆花,
太阳的关键,如同一碗辣椒水。

[一生中写过多少次母亲的名字]

从童年的入学登记,到后来
的人事履历,
一生中究竟写过多少次母亲的名字?

三十多年,我一年年掰着手指,
有多少次写到过母亲名字。
最终笃定,我甚至还没学会
如何书写"杨大英"三个字。

童年到中年,我不知写掉了多少
铅笔钢笔和水性笔,
如果仅留那块记忆的橡皮是完好的,
可是母亲,我该如何用它
替您抹平蝴蝶的命和白雪的沉思。

电话里,您不经意提起
最近的眼病,零下一度的天气,
我的视力便下降了,
隔着4G网络和中国移动,
母亲,您的背影,是我这一生模糊的山水。

雪的训诫（三首）

◎卢 山

【作者简介】卢山，1987年生于安徽宿州，文学硕士，中国作家协会会员，中国诗歌学会会员，新疆兵团第一师阿拉尔市作协主席。作品发表于《诗刊》《人民日报》《北京文学》《诗歌月刊》《星星》《西部》等。出版诗集《三十岁》《湖山的礼物》《宝石山居图》《将雪推回天山》，印有评论集《我们时代的诗青年》；主编（合作）《新湖畔诗选》《野火诗丛》《江南风度：21世纪杭嘉湖诗选》。曾参加诗刊社第38届青春诗会、《十月》第12届十月诗会。

[雪的训诫]
——送外婆远行

在乌鲁木齐，一场雪落下
带来了死亡的讯息
在异乡的城市里游走
我是一张空空荡荡的旧报纸

眼泪冒着热气，又结着冰
像一个被疼痛折磨的孩子
在雪地里翻滚

面向石梁河，我双膝跪地
蜷缩成一块僵硬的石头
任扑面而来的雪击打

仿佛是焦急的叩门声
天山的雪啊，排着队喊我回家

[塔河望月]

元宵节忙碌的月亮
塔里木河沉默的月亮
胡杨林流下眼泪的月亮
塔克拉玛干迷路的月亮
托木尔峰也要仰望的月亮
被异乡人高举到头顶的月亮
被诗人卢山抱在怀里的月亮

今夜,我漫步在月光下
如一株被北风摇晃的芦苇
寒冷,但并不忧伤
我踢着河滩上的碎石头
盐碱地发出的声响
唐朝的王昌龄如果听不见
安徽石梁河我的母亲董翠侠
一定能听见

[祖 坟]

二十年前,爷爷去世的时候
父亲指着脚下的麦地说
这是我们家的老祖坟
埋葬了六七代人
到我这一代就是第八代了
站在绿油油的麦地里
父亲吐出骄傲的烟圈

二十多年,我们来来回回
春风里一次次扫墓。跪在田野
向一座座陌生的墓碑磕头
石梁河水在春风里奔腾
我们的膝盖上沾满新鲜的泥土
"看到祖坟,就是回家了"
父亲已经为自己找好了墓地

今夜,我在杭州的家中做了一个梦
阳光温柔地照耀,我的头顶
每一棵树上都结满了果实
蓝天下,被巨大的墓群包围
我躺在温暖的麦地里
像一个赖床的婴儿

岁暮帖（组诗）

◎浪行天下

【作者简介】浪行天下，本名陈志传，生于 1971 年，福建惠安人。中国作家协会会员。作品发表于《十月》《诗刊》《星星》《诗选刊》《诗歌月刊》等；入选各年度文学选本共 70 多种。著有诗集《高处的秘密》《情海泅渡》。曾获华东报副刊"好作品"一等奖、三等奖，福建省第十八届优秀文学作品奖等。

[岁暮怀远帖]

波浪上磨刀，渔火是迸溅的星星
那年正月，生锈的不仅仅是
父亲犀利的眼神，还有泪中的盐

血中的铁，已被生活榨干
父亲，再也无力掀动另一次潮汐
但他的船刀，仍在斩浪耕海

疼是一根钉，再疼就是钉孔
无数次的疼痛，像船木上
密密的伤疤，但父亲从不喊叫

继续波浪上摇船。父亲也会
望着海空的月亮，那是母亲的镰刀
是他和她，锃亮的眼神交汇

那年正月，月亮找不到踪影
父亲浪上磨刀的节奏，越来越慢
仿佛是次，漫长渐熄的告别！

[岁暮扫尘帖]

父亲的笔记本,容纳不下
一座大海。但他摘抄了最精彩的
两行浪花,一直翻腾在我的诗句中

岁月是涌动的班次。但有
偶尔误点的列车,有浪花似的旅人
一波刚到站,后面又挤成一团

父亲岁暮的自白。我翻阅着
这平铺直叙的潮水,疼痛次第开放
又凋落。但我已不忍细看——

这簇病痛,是迸溅的花骨朵
还是尚在酝酿的蘑菇?这声不堪的叫嚣
是到站了?还是正要出发?

好在母亲,在扫尘后的阳光
撷取一束温暖,插上大门的鬓角
让理不清的节气,保持前行的姿态

[岁暮围炉帖]

火焰可以带来遐想,亲人
可以放松警惕。父亲说
累了一整年了,大家围炉取暖
像围着一方池塘,瞬间回到童年
甩出打水漂的日子
让一蹦一跳的快乐,不费劲地
到达彼岸。让不愉快的
回忆沉隐水底。像父亲的一生
那无棱无角的鹅卵石。围着

圆转的饭桌,我想辨认的年轮
已湮没在桌板美丽的图案中
一家人,围着一块菜畦
菜青虫似的,沿着叶脉温习故乡
父亲说,生活就是你和我
围着一个饭碗
我们年年挑拔着,心中的残炭
用祝福的话,相互取暖

[岁暮楹联帖]

又到除夕时。刷上浆糊
让纸与石头,记载历史的两代媒介
有了最亲密的接触
新盖住旧,门楣又重生
但联文,仍带着古老的记忆
突然,我有些自惭
楹联站得多直,兄弟般监督着
守纪遵法,维持古典的秩序
不让任何字,出轨或脱韵
这门前的眼,似父亲在监督着我
黑字红底,像铁在血中
云在蓝天里,草在母亲手里
一眼便可辨别
父亲,原谅这些年,我渐活成
灰色的中间,有着一张
沉瀯的、模糊的
仿佛还贴着去年旧楹联的脸面

锋线

Cao Tang

时间横截面，及其他（三首）

◎梦亦非

[时间横截面]

1

如果可以原谅一枚铁钉的
生锈，便可以获得
指针在表面的祝福
但直至天使们在工业园中
齐声独唱，剥落的锈迹
也仍然阻碍着

我对你迟疑的想象
——穿过昏暗的枝叶
与草径上废弃的露水
我寻找一个理由，在那
心灵的暗夜中，如何
才能看见你新鲜的脸孔

2

时间仅仅是幻象，从水面
从梦见水面的泳池深处
那些沉睡的负天使，必须保持
剥离时间的永恒，爱
才能获得钟表内部的
允诺、更新与法则

而负天使们不能听见
金属在黎明时分的呼喊
流水在停滞中的疼痛
置身于它们中间，我
何以倾听你的歌声
像幻象，也像时间

3

造物者的眼中，并不存在
时间。盲目的造物者
他伸手摸到的是
火焰的尾声，果园被荒废后
我日复一日种植的
鼠星草、但丁对小女孩的

遗憾。而我需要一再说服自己
一颗不爱人世的心，如何
才能穿过不存在的时光
去那上升的光芒中，追随你
或者赞美你。如同
从灰烬中坚信着星尘

4

不是一个纵剖面，时间
作为一个横截面，在创造者的
梦境里。但这也仅仅是
钟楼在阳光下的阴影
那时我从你的命运中走过
永远行走，不曾离开

我曾在记忆的左边，寻找
你的踪迹，那里，空间的锯末
堆积出一个泡沫时代的
脸像，一旦存在，即是
恒久，犹如我对你的思念
对这锈迹生活的疑惑……

[迷 人]

世间的劳作皆为虚妄

正如，帝王们的辉煌
都是水上浮沫

我曾化身为一株
水稻，浸泡于冷水
遭受虫害与烈日

万千水稻中我泯然于众
稻子四散，混迹于
面目全无的米粒中

在混茫间我只看见锋刃
与徒劳，并没有拯救
从大地上升起，如炊烟

这世间的虚妄皆有
迷人的枝叶，我也曾
在低垂中，丧失过自己

[惊 讶]

对人类了解越多
我越不理解人类

他们住在火宅里
却又互相仇恨

他们折断苇草
只为了渡过大江

有时化身为人类
我触及爱情的形状

而在我的幼年
我曾向往过人类

故园无此声（组诗）

◎林 珊

[山的那边究竟有些什么]

只有面对苍茫的群山时
我所拥有的，才是一个
完整的黄昏
只有一个完整的黄昏
才能为那些深陷尘世的人
带来短暂的安宁
这些年，我越来越热衷于
追逐落日，仰望星辰
每一次，当我站在群山之巅
我都会痴迷于追寻
山的那边究竟有些什么
我有时甚至会恍惚
万壑千岩，山的那边
是不是有另外一个我
也同样陷入暮色之中

[到了该说再见的时候就说再见吧]

到了该说再见的时候
就说再见吧

如果开口终是难言
就把泪水留给汽笛

留给尘埃满面的枕木
留给风帆鼓起的港口

一些记忆终归被岁月尘封
一些欢愉终归随风而远逝

将来的某一天
或许我们都会忘记

那个捂在胸口无数次的
湿漉漉的名字

[故园无此声]

亲爱的鲁米先生,时间是否真的
能冲淡一切?当我站在
一扇熟悉的门前
为我开门的,却是一个
陌生的女人
灰色地板,回旋楼梯
露天阳台,都不是我曾无数次
想象过的样子
中午一点钟的阳光从窗外
明晃晃地落进来
落满我黑色的大衣
苍白的脸庞
面色平静却心如刀绞
是我转身离去时
最恰如其分的两个词
亲爱的鲁米先生,缘起缘灭
因果循环
我们有时根本无法
看透这世间事。昨夜星辰满天
月色笼罩覆满白霜的桃江路
我独自走在空旷的街头
寒风扑面而来
吹拂我,刺痛我
我在寒风中走了很久
我路过一棵小叶榕
两排香樟树
三株法国梧桐
直到深夜,才回到空荡荡的
家中。亲爱的鲁米先生
即便历经风霜
我仍然愿意心存美好
我仍然愿意相信,你是我历经
千山万水,去等待和守候的
那个人

[夜空璀璨]

一座旧府邸前的空地上
点燃的焰火
发出璀璨的光芒

人世如此安静,夜空灿若黄金
花开花又落啊
春天的窗台上即将打满补丁

[宋 城]

夜幕降临。我终于回到
久别的家中。这座古老的城市
这片安放我身体和灵魂的
归属地,以一江渔火
几盏孤灯
给予我触手可及的安宁
隔天清晨,当我路过郁孤台
一辆洒水车,正热衷于唤醒
熟睡中的街道
我注定是那个来不及
躲闪的人
千万缕又细又密的雨丝
在瞬间打湿
我的头发和眼睛
我就这样静静地
站在四处逃散的人群中
一动不动
我有多久
没有走向雨中
我有一颗
潮湿的心

众荷之上（组诗）

◎邓诗鸿

[众荷之上]

众荷之上，一朵花被春天排斥
约等于一羽蝴蝶，在小提琴上骨折
纵是堪折的春天，也有振翅之心——
于众荷喧哗中，分开众水，遗世独立

春风在涨，她在美学中独自疗伤，灼灼荷花
亭亭出水，在修辞中梨花带雨，草长莺飞
暗香盈袖，却被斜风细雨，绊住归期
流水无言，月光纷溅，锦衣难觅……
但春风不再，明月也不敢私自冒名顶替
一片月光，在断翅的琴弦上，被美一惊
那瞬间的美，绝望、刻骨、几近于无
在大病初愈的秋风中，埋下伏笔

当明月初渡，相思便不再颠簸
一朵花，在春天空缺的位置，孑然回眸……
万物虽有枯荣，但春风不来，我不敢私自盛开
爱若是一种不治之症，这弥漫的天籁
就只能用于为你咯血，和生病

春风乍起，芳草纷飞，月影轻拂
当你途经我的盛放，一颗高贵
而暗自神伤的心，在红尘中醒着、碎着……
一片又一片，无处安放——

[与一丛瘦竹为伍]

在鲁院，终日饮茶、上课、读史
听理查德·克莱德曼，或者在诗篇中
随意制造些重逢，和别离；偶尔
也在凌晨时分，与一丛瘦竹为伍
听她用各种方言，讲述生活中窸窸窣窣的草屑
此刻：我独居长亭，模仿先贤
坐看长天如画，云卷云舒
思量着长亭和短亭，于古人
哪一种更适合登高和怀古；一根瘦竹
斜过她瘦骨嶙峋的身姿
缭乱了，我随身携带的几片月色
竹枝如果再热烈、再倾斜一点
它曼妙的姿势，就可能和一首青涩的小诗
构成这个世界另一种错误，和美丽

[生日帖:流水赋]

流水在走,于苍茫尘世
从青丝到白头……

光阴消隐,孤独漶漫
目睹他卸下伤口,和悲欢
在尘世中,胸无大志
怀抱春风秋雨,残卷青灯

流水突然颤动一下
流水,他不顾及我的喊叫
于低眉处,代替我
独钓寒秋,雾锁大江
心怀山川、草木,与荒凉

[与灵魂书]

我并不想窥视灵魂的高度
氤氲的长风中,弥漫着一碰即碎的美
如果我站上去,寂静就有可能
再加高两米;一颗心,风尘仆仆
他藏尽了全部的柔情,在尘世中
却被打磨成坚冰……

我曾经谈到过的遥远的落日,在绝句中
投下苍凉的倒影;冷峻、空旷和寂静
成全了一个青年诗人的沉思与想象
一缕迟归的晚霞,最终被我牵扯进来
当我写到风烟并起的相思,和它大病初愈的爱情
写到汉家箫鼓,就仿佛拨动天上的大琴

苍茫的尘世,一颗逝去千年的心
深藏了多少坚硬的痛,在皓月下

一次猝不及防的洗礼,让我的旅程
有了片刻,小小的停顿———

[寂 静]

……更深的寂静,更多的战栗
尘埃……淹没黄昏,和灵魂
一个异乡人,心惊胆战,摸索着
生怕触动,一些
细小的,埋藏已久的词……

……更多的碎屑,青苔和静
纷溅出时光,碎片和泪水……

以及一颗惊惶,易碎的心
和它深藏的褶皱,与伤痕———

[怀念布衣]

孤独的侍者,这躬耕千年的一介布衣
我该用什么样的语汇表述你?

夕阳下,谁在翻晒着灵魂深处的补丁?
一盏明月照亮了胸中历尽沧桑的寒冷?
我看见一个词,远离了内心,
在清月下踽踽独行……我怎能喊住你!
孤独的词;这些,被岁月遗忘的补丁,
我触摸到你灵魂深处,千年不灭的倒影

多少年来,我试图用一枚失血的补丁
让躬耕千年的一介孤独的布衣
在苍月下,重归魂牵梦萦的乡村……

我从未有过如许的寂静（组诗）

◎余洁玉

[遗忘的天井]

过去老房子里的天井是个好地方
四四方方的天空，几朵白云飘过
曾经我追着它们，跑过玉米地
在泥泞小路上摔跤
曾经我的心里，有两只灰雀
扑闪着，落在瓦片上

若是下雨，雨丝为帘
像围着一方小小的世界
石缝中长草，地砖上结苔
听着雨声，我感到身体
充满了鸟鸣

我从未有过如许的寂静

[过 江]

江水浑浊，撑竹筏的人
把青山移到对岸
又撑回来。一根细长的竹竿
在喘息的水中一划
微倾的身子，仿佛凝聚着巨石的力量
接着，他又将我
渡到江心，感受四面环水的幸福
两只鸬鹚，一左一右，注视着水面
我也专心于，打量一团干草
它盘结着，漂向远方
有一小会儿，我真的忘记了
身处的世界，就是一个漩涡
只记得白茫茫的一片
竹筏驶出许久，都不曾靠岸

[灰 烬]

一阵犬吠，在空茫的夜里
显得格外寂静。几盏路灯
陪着飞蛾，玩扑火游戏
失败的，退回阴影里
继续晨钟暮鼓，忍受着
一点星雨，给身体带来的凉意

更多的，则在火焰的中心
跳起舞蹈，点燃自己
心甘情愿地接受
成为胜利者的灰烬

[终有一天]

终有一天，时间会慢下来
我在公园里漫步，沿着落叶
踩出新的小径
那里通向绿色的湖边，一座小木屋
已等待多年
幽深的窗口，忽然亮起明灯

在那些深沉的寂静里
我仍然爱着
枝头的果实，草间的虫子
爱着短促的一生中，每一个早晨
阳光拨开窗帘时的暖

倦鸟归林，我也将躺下来
嘴里咬着一根枯草
仿佛那就是我，最后的尊严

[一生所愿]

豌豆苗爬上篱笆
睡在叶子上的虫子醒了
麻雀在叫
核桃在我的手中
我在敞开的铁门中间

过了许久，太阳才从雾中
挣脱出来

把光芒洒向万物

而我仍然做着
困兽之斗
从一个场院
转到另一个场院

我不快乐。即使我收获了
一束玫瑰花
一杯冰镇饮料

一生所愿，不过如此：
看豌豆苗爬上篱笆
看风起云涌，大地沉默不语

[墙里墙外]

幽深的院子，几缕阳光照进来
青草和假山相映成趣
几朵野蘑菇的伞，还未打开
天就凉了。秋风吹着几个老去的丝瓜
也吹着屋檐下的蛛网
那时，我像一架秋千
在一棵柿子树上，摇来晃去
我喜欢跟自己追逐
双脚离开大地
仿佛如此，才不会被妖怪抓去
院墙外，我的母亲在桑田里
采摘宽大的桑叶
喊一声，她就回过头来
每一片抖动的桑叶，都是她的回应

主观客观

【作者简介】张立群，1973年生于辽宁沈阳，文学博士，现为山东大学人文社会科学青岛研究院教授，博士生导师，辽宁大学兼职教授，在各类核心期刊发表论文200余篇，出版专著20部，系中国现代文学馆特邀研究员，中国作家协会会员。

"历史感"的找寻与美学的复归
——对当代诗歌批评的一种思考

张立群

在2021年秋季一场研讨会上，我曾就当代诗歌批评提出自己的一些看法。其中之一即为2010年之后特别是晚近几年，当代诗歌批评似乎一直没有找到合适的抓手或线索，归纳出若干关键词进而再现批评的力量。两年过去了，从我个体的经验出发，当代诗歌批评似乎还是在原地踏步——如果这种判断大体上是成立的，那么，我们是否可以这样发问：当代诗歌批评是否已真的进入一种进退维谷的状态？而本文所言的"'历史感'的找寻和美学的复归"也正是在此背景下提出的。

一

按照惯常的思路，当代诗歌批评以诗人、诗歌作品以及诗歌现象为对象，以诗歌评析为基础，其目的是及时把握当代诗歌动态，促进当代诗歌创作。当代诗歌批评的特点决定其与当代诗歌史研究不一样，当代诗歌史研究由于历史化的需求，常常会滞后于诗歌批评，其表述与结论也更多倾向于客观、稳定。以上所述区分了广义诗歌研究中的两种基本路向——具体的"批评"与"研究"。至于在此基础上，强调所谓"搞批评的"与"搞史料的"之分，不过是以更为细微的方式区分了诗歌批评与诗歌研究。

作为一个长期在高校工作的从事者，我时常能听到诗歌批评不同于诗歌研究乃至低于诗歌研究的声音。或许是受到韦勒克、沃伦《文学理论》观点的影响[1]，或许也包含对当代诗歌批评走势和自己实际工作的反思，这些年我越来越觉得适度区分批评和研究是必要的，但将其划分为泾渭分明、难以调和甚至带有一点敌意的两个阵营却未免有些小题大做。现代诗歌史上的批评早已成为今日研究的文献史料，几乎很少有人去质疑它的归属；今日之批评之所以会在有些人眼中下研究一等，更多是源于一种"时间的距离"，但这并未影响研究中也常常使用批评的手法与方式……批评与研究之间区别的相对性决定其只有在特定群体和特定语境中才有相应的意义。如果广义的诗歌研究是一个大的学术范畴，那么批评需要的是才气、思维的敏感程度、观念的持续更新以及体力的支持，而与批评相对应的"研究"——在此处不妨称之为狭义的研究，则对学术化、客观化、理论化的程度有着更高的要求，其理论化和文学史化的目的追求也更为明显。批评会引领一些话题，有鲜明的时评色彩，研究则要落实批评（包括更为久远的、曾经的批评）中经得起时间检验的部分，并能够以历史资源的方式为批评提供新的资源、基础与经验，二者互为表里、互相依存，共同支撑起当代诗歌研究的大厦。

循着如上思路，本文所言的"历史感"或曰"历史意识"，期待的是当代诗歌批评不应当仅局限于简单的文本，而应当将视野转向更为广阔的历史与现实，在适度承载和观照社会现实主题的过程中，与其所处时代保持着一种积极的、有机的联系，进而呈现一种生长的姿态。"历史感"貌似指向遥远的过去，实则是要以深切生动的方式指向当下的现实，从而印证批评的合理性以及一种久违的声音。与之相应的，"美学的复归"则期待和历史感的找寻一道，回归批评的本源，再现批评的审美属性和诗性品格，从而建立起一种真正属于诗歌批评的文体。

无论从当代诗歌批评的现状，还是从自我体验出发，"'历史感'的找寻和美学的复归"的提出首先是针对当代诗歌批评存在的一些问题。其一，是狭隘的批评观或曰对批评的片面化理解。当代诗歌批评为人诟病之处在于很多是人情稿，一味吹捧，只是简单的称赞，流于表面。此外，通过词藻的堆砌和嵌入大量陌生的术语、理论符号进而达到炫技的效果也是当代诗歌批评的问题之一。上述两种现象就结果而言，在相当程度上都对当代诗歌批评进行了狭隘化的理解，并由此助长了不良的批评之风。应当说，理想状态的批评可以突出写作者的特色与成就，也可以尖锐地批判、直抒胸臆，但其核心内容一定要言之有物、分析透彻、鞭辟入里，或是有所感悟，有感而发，而其运行方式一定要建立在具体文本之上。在这种前提下，所谓"感悟"与"印象"其实都离不开主体的直觉、个性的创造直至胆识，唯其如此，批评才能成为和诗歌作品一样的创作，凸显自己的文体意义和价值。批评既可以引领读者欣赏诗歌内部的风景、获得启迪，又可以因自身的独立性而感受到批评主体的品格与力量。高质量的批评总会闪现批评者与诗作者之间的某种"共通性"，而这种"共通性"不仅源自批评者的素养，更源自对于诗歌写作背景和诗人生平的了解与把握，这其中自是隐含着某种"历史感"和美学的因素。

其二，是相对固化的批评观。当代诗歌批评千篇一律、千人一面，固然是由多种因素造成的，但批评观念相对固化，将不同对象的批评都进行相同的处理，肯定是其中的重要原因之一。事实上，批评作为诗歌作品与现象的及时的追踪与解析，一直对批评实践本身有着很高的要求。基于对一种流动不居状态的把握，当代诗歌批评不能仅局限于主体业已形成的经验和预设的理念，而是要通过文本与现象的更新呈现一种新的内容与指向。以新世纪以来一度成为热点的网络诗歌及其批评为例：网络诗歌是技术与写作相互结合的产物，生动地体现了电脑时代诗歌的可能与传播方式。如果说对这种新兴写作进行评价在初始阶段是不折不扣的当代诗歌批评，那么，经历了20余载的发展，网络诗歌批评似乎并未取得实质性的进步。究其原因，观念的更新、技术的认知、及时的追踪以及如何从学理上找到新的增长点、实现一种关于阐释自身的内在机制的转换，都是影响其进步的重要原因。如果这个例证大致可以成立的话，那么，决定批评走势以及"研究"实践性和落实的程度不仅取决于批评起点的高低，更取决于批评者如何以自己的知识经验和生活经验进一步将其深化与激活。在此前提下，在诗歌批评中融入延伸至当下的"历史感"或曰"时代感"就显得十分必要了："历史感"可以使批评者在不断增长知识经验的同时处理较为复杂的问题。"历史感"作为沟通历史和现实的理路，可以以纵深和拓宽的方式扩展批评者的视野，丰富其知识经验，并由此对批评者本身的根基和素养不断提出与时俱进的要求，这一点对于强调及时性、富有新意的诗歌批评来说是必须的，也是必要的。

其三，形成一种关于批评主体的反思。批评家要有责任感，同时也要有一种使命感，这是就主体层面考察批评应有的理念，同时也是建构诗歌批评道德伦理的必经之途。如果说在以上两点所述中，已经或多或少触及到了诗歌批评家应当与诗人平等对话、相互理解、相互信任、坦诚相对以及防止盲目跟风等问题，那么，拒绝粗暴、傲慢、隔阂式的批评当然也是显示批评家胸怀的重要标准与尺度。回顾近十年来当代诗歌批评的历史，媒体舆论化批评、网络极端式批评，确实对当代诗歌批评产生了很大的影响，正是所谓的"捧""棒""怪""偏""游戏"等表演式批评会博人眼球，在一段时间内在大众传播中拥有市场，所以才会有人竞相跟从，进而遗忘了批评本身应有的"历史—美学"传统。从这个意义上说，当代诗歌批评的困境也预示了批评主体以及诗歌创作主体的困境。思想的贫瘠、理念的重复、自我封闭以及利益驱动，不仅使部分批评者和诗人陈陈相因、画地为牢，而且还使一些曾经有真知灼见的批评者远离了诗歌与批评。与之相应的，则是一批新生代的诗歌批评者虽大多具有良好的学历背景和知识储备，但其具体的批评文字却过分受到"行规化"的束缚，他们片面强调"专业化"的批评或是过度阐释、或是成为某种理论话语的翻版，结果都是顶着"创新"之名而无法对当代诗歌创作产生实际有效的影响，自然也远离了诗歌批评应当继承的"历史—美学"传统。

二

如现代性是一项未尽的工程，以不断行进的姿态延伸至当下一样，"历史感的探寻"和"美学复归"联系诗歌及批评的历史和现实，从来都需要通过实践凸显批评的本质。与此同时，正因为"历史感""美学"承载了时间的厚度和广度，才会与不断持续的当代诗歌批评联系起来，为后者带来勃勃生机。不了解历史特别是所处时代语境的当代诗歌批评是不可想象的，因为一旦远离了现实，就易于产生遮蔽与误读或是走向纤弱与单薄。同样地，正是因为没有充分地"深入时代"，才会产生批评的简单化、程式化以及萎靡不振的倾向。事实上，诗歌批评作为个体综合实力的展现，不仅见证了批评者的学识、见地，还可以感受到批评者的个性风格与内心世界。批评者唯有站于一定的历史制高点，才能充分展现自己思想的深度和视野的广度。当代诗歌批评不仅要发现我们时代优秀的诗歌作品，肩负着塑造创作及批评的风格与标准、引领诗潮风尚的使命，还应当在反思自身的过程中凸显批评的意义、价值与生命力。这理当成为新时代诗歌批评正确发展的必经之途。

正如鲁迅先生多年前所说的："所以，我又希望刻苦的批评家来做剜烂苹果的工作，这正如'拾荒'一样，是很辛苦的，但也必要，而且大家有益的。"行进中的当代诗歌批评始终是当代诗歌研究的开路先锋，不仅可以影响到后者如何展开，而且还会引领一种创作风格。新时代的诗歌批评首先应当充分理解时代主题与精神、批评的任务及合理性，建立起属于新时代诗歌批评的表述机制，方能实现自己的有效言说方式。这是时代赋予诗歌批评的容留限度和新使命，同时也蕴含着诗歌批评的新的增长点。

任何一种新事物或曰新风格的出现都离不开对于传统的继承与"再创造"，当代诗歌批评自是概莫能外。回顾20世纪80年代以来诗歌批评的历史，我们大致可以看到求新意识和见证时代高度，批评家与诗歌史家身份大面积重合，批评本身的激情洋溢进而诞生一批有代表性的批评文章，是80年代诗歌批评的成就与特色。后来许多诗歌史上重要的命名如"朦胧诗""后朦胧诗""第三代诗歌""后新潮诗""后新诗潮"等等，以及一批备受瞩目的诗歌评论家，也正是以这样的方式登临诗坛、为诗界所公认的。80年代诗歌研究以批评彰显实绩、推进自我的演进方式在90年代发生了一定程度的转变。一方面，各类媒介的生长使诗歌大幅度丧失了往日的受众度，诗歌不像80年代那样可以产生全社会文化范围内的轰动，另一方面，发表园地的缩减和客观存在的出版难度，也使当代诗歌的生产空间相对缩减。加之社会生活主题的变化也在很大程度上使诗歌逐渐滑向边缘、成为冷风景，并引起一系列连锁反应。在此前提下，批评虽总量并未减少、仍是诗歌研究的重要维度，但其逐渐呈现式微的态势已不可避免。进入新世纪以后，批评一度呈现为通过追逐热点现象来维系自身的现象，但从2010年甚至更晚近以来的发展情况来看，能够引起一定范围关注之话题的匮乏、没有及时实现相对于社会生活主题的调整，都是当代诗歌批评影响减弱的原因。是以，如何向广阔的时代和现实敞开，重塑批评的形象和公信力，就成为当代诗歌批评解决自身困境的重要方式之一。

结合当代诗歌批评的发展史，我们首先可以看到"历史感的探寻和美学的复归"的核心是汲取历史的经验、回归批评的本质、再现批评的伟大传统，从而找寻一种关于批评的生命力。不同于其他文学体裁的批评，诗歌批评和诗歌研究一样，总是不可避免地呈现一种整体性思维和总体性理路。这样的特点本身就要求批评者熟悉批评对象的历史，或梳理或解析并最终归纳出一种新质。除此之外，则是以整体性把握为特点的诗歌批评在传播与接受过程中也应力求展现一种"整体意识"：当代诗歌批评不是坐在象牙塔内向壁虚构，而应当呈现公共性、创造性、容纳性、先锋性和生长性并存的特点，唯其如此，批评才不会远离大众，与现实生活脱节。其次，当代诗歌批评应当在汲取以往历史批评者与诗歌史写作者时有重合、结论多有一致的状况，逐步确立关于批评的新思维。在联系时代、继承和发扬中国文学批评优良传统，在关注批评对象之余反思批评自身的"写什么"和"如何写"的过程中，逐步建构富于时代色彩和诗性品质的批评理论体系，这种建构当然也包括诗歌批评是美学批评、讲究自身审美表达形式的内容。最后是强调批评者的人格修为，在责任担当和理想追求中伸张其意义、价值和建构关于批评主体的道德伦理。为了更好地融入时代，批评家应当首先将自己真正融入文字之中，通过真情实感、切身感悟，与诗人和诗歌进行心灵交流，焕发激情、成为批评文字的主人。诗歌批评家应当有引领一个时代诗歌审美走向的理想，有让读者了解优秀作品和当代诗歌创作高阶部分的担当，同时还要有丰富多样、扎实全面的知识储备。既能以真善美的方式解读新时代的诗篇，又能成为一个"赶时间的人"（语出诗人王计兵的同名诗和同名诗集），直至在塑造全面人格的前提下写出可以为时间铭记的具有发现力量、批判力量、启迪力量、感悟品格和审美意蕴的诗性批评。

如果结合近年诗歌研究的整体发展情况，我们还可以看到：当代诗歌批评既需面对学院派及其评审体制、学术规范的压力，同样也需要面对晚近数年来新诗研究"史料化转向"的挑战。在此背景下,"诗评家"似乎越来越成为一个带有暧昧色彩的称谓,因为其集批评与研究于一身的内涵常常使其在专业化标准面前身份模糊。是"批评的研究"还是"研究的批评"?是批评更容易还是"研究"就是学院派的专属?史料研究的美学阐释如何与批评对话?这些复杂难解的疑问,告诉我们区分与弥合批评与研究之间的界限,从来都不能离开具体的语境和实践,同时也离不开我们的职业和生存需要。

  总之,结合当代诗歌批评的现状,笔者提出"'历史感'的找寻和美学的复归"这一命题,并期待以此为当代诗歌批评的发展提出一种建设性的思路。当代诗歌批评应当通过深入历史、面向时代,彰显其特有的时代精神、风格气度和美学风格。应当思考为当代诗歌批评建立一门关于自己的学问,使之有明确的归属和地位,进而更好地在优秀的诗歌作品中完成精神的历险。而在此之前,当代诗歌批评应当不断强化批评主体的责任担当和自省意识,以开放、宽容、积极的姿态为自己拓展出一条宽广之路!

  ①:指该书在论述"文学理论、文学批评与文学史"时,强调"文学史家必须是个批评家,纵使他只想研究历史","反过来说,文学史对于文学批评也是极其重要的,因为文学批评必须超越单凭个人好恶的最主观的判断。一个批评家倘若满足于无视所有文学史上的关系,便会常常发生判断的错误。他将会搞不清楚哪些作品是创新的,哪些是师承前人的;而且,由于不了解历史上的情况,他将常常误解许多具体的文学艺术作品。"(见[美]勒内·韦勒克、[美]奥斯汀·沃伦:《文学理论》(修订版),刘象愚等译,江苏教育出版社,2005年版,第39页。)

大雅堂

食物志（组诗）

蒋雪峰

[丝瓜]

如果老得实在掐不动了
还可以用来洗碗抹桌子
晒干了引火
像那些一辈子劳碌命
只要还有一口气
就不愿意白吃饭的老人

[苦瓜]

不管曾多么活色生香
到头来
还是没有躲过
苦藤上的一根
苦瓜

攀缘到头
依旧悬空
饱含苦泪

这是你的命

[青菜]

蔬菜里的穷人
穷得只剩下豆腐 萝卜
这两个亲戚
它们仨
清汤寡水

没有油荤
好像只有这样
才配是自家人

[莲花白]

里三层 外三层
它一层层裹紧
抱着自己取暖
霜降了
它打了一个冷颤
把自己抱得更紧了

[萝卜看见白菜]

萝卜看见白菜
心里一下就踏实了
它们洗得干干净净
躺在一起
不说一句话
就很般配

再过一会儿
它们会被
一两一两
分开

[白菜]

白菜顶着白头霜
站了几天几夜
浑身上下
没长一个冻疮
心里甜丝丝的

过复兴村（外一首）

曹利华

山坡和缓，陡峭的是高压铁塔，
站稳在泥水里，禾稻正青春，
棚依山傍沟而卧，遮掩不住鸭群的呱呱声。

竹林深处，不时有民居闪现，
校舍被杂树屏蔽，
不容阳光插足，童音远走高飞，
时间划出墙壁的深痕。
闲置的水塔已无人搭理，
像一块巨碑，矗立在更深的沉默中。

村口，总有标识指引——
新辟的山庄，落生于最高处。
广场宽阔，曲院幽深，
洁白的酒旗带我们走进古风古韵，
山野自在，红黄白交错，撩人眼睛。
山间静默如磁铁，听得清
稻拔节的脆嘣之响，还有载满
豆角的摩托车奔跑的嗞嗞声。

[故乡]

故乡愈来愈小，城市愈来愈大，
热爱总是在寻找理由。
那时候，站在村口的那个我，
被青山遮蔽，为流水阻断，
世界把我缩回成一个点。
微小的青空下，炊烟盘旋，白云流连，
尝试着各种途径，急促的脚步
走在通往远方楼群的路上。
那里，人流喧嚣，诱惑总是对的，
梦想无限放大，故乡最终搁置在
那个陌生又柔软的地方。

对固定形式的反对（外一首）

张建新

我有时候是水，有时是火
在你看来，这多么矛盾呀
一道光线照下来，你看到了浮尘
那也是无形的我隐匿的我

欢喜时我是杯子，被你唇吻
忧伤时我是雪花，在长夜独自飘洒
我是你可以想到的任何器物
这并非来自你的需要
而是我对任何固定形式的反对

雨夜，那么多雨滴一样的人
"噼啪"落下，鸟一样的人
在树林里鸣叫，他们曾和我
擦肩而过，没能认出彼此

[清明]

雨一直在下
从没有停下来

雨替代了那些
说过的和没有
来得及说出的话

雨下在空间里
也下在时间里

下在有名有姓的墓碑上
也下在无名无姓的孤坟上

东湖船娘（外一首）

刘益善

船的悠闲雅致
一束野花在船头微笑
她倚着船梢的身姿
是春天了，她牵着索线
在用钢针纳缀一曲春歌
小木船，是浮动的标点
在这浩瀚的湖面
漂流着蓝色的抒情诗

船在行进，木桨
在水面拨起欢乐的花朵
云彩追逐着船舷
她的笑语在水面滚动
溅起晶莹的珠串
双手推桨，一前一后
湖面，蔚蓝色的舞台
尽她施展娴熟的舞技

一声再见响在微笑里
生活给你太多的馈赠
湖光山色增你的秀美
碧水明镜映你的倩影

美在自然，也在你心中
当游客留下了赞美
也留下一段美好的记忆
船娘，你在春天里

[青花瓷]

白底腾浪，朵朵如花
烈焰满空，帝威如青云
京师八百里快马哒哒而至
边关烽火，山海关外告急

老窑匠蹲窑前日日夜夜
火候到了，有条青龙腾起在
我四百年后的一只笔筒上

故乡，有英雄应召出关
辽东兵马，狼烟四起
努尔哈赤只惧楚蛮

我由笔筒取笔
写大明经略熊廷弼
帝业何在？只遗下
案头一只青花瓷

村上春树（外一首）

李霞

你要记得那些黑暗中默默抱紧你的人
逗你笑的人，陪你彻夜聊天的人
坐车来看望你的人，带着你

四处游荡的人,说想念你的人
是这些人组成你生命中一点
一滴的温暖,是这些温暖使你
远离阴霾,是这些温暖使你
成为善良的人。

[吴冠中]

他远到了喊出"笔墨等于零"
他远到了喊出"艺术家不该被圈养"
他远到了喊出"画卖不出去了——好!"
他远到了喊出"一百个齐白石不如一个鲁迅"
他远到了喊出"自由的尽头是孤独"

让心飞一会儿(三首)

杨康

[重 量]

(给跳跳之三)

你先是有了哭声,过了一会儿
体积才到。我伸出双手将你环抱其中
你才有了重量

近日,我正在对重量这个词语
重新定义。它仿佛一个我从不认识的生词
是你,让我重新认识周遭

洗澡的时候轻一点,冬天比夏天
重一点。尿不湿慢慢有了重量

你忽然哇啦哇啦哭起来
哦,这个时候,你已经很重很重啦

[天 气]

今天晴天,心情不错
天快黑了,不知名的虫子孤独地叫着
我有些难过。持续到深夜
青蛙呱呱地叫着,我内心的消极
被一览无余

傍晚,天空布满云朵
看样子明天有雨吧
我有些不高兴。好像并没有
什么事情发生,我的坏情绪
来自很远很深的童年

[让心飞一会儿]

凌晨醒来,闭上眼四周漆黑
我一动不动地躺着,不愿惊扰身体的
每个部位。此时的器官都
失去了知觉,手和脚不存在了
它们似乎已经不再属于我。全部的我
只浓缩为拳头大小的一颗心脏

这颗心轻轻地飘起来
它先是在暗淡的屋子里待了一会儿
看了看这块躺着的行尸走肉
然后就继续飞了起来,从窗口逃脱
它飞起来毫不费力,不像平时
我扛着这一百六十斤的身体
举步维艰。让心飞一会儿
在夜晚飞行,是一个不存在的人
正手提着马灯赶路

想念雨水（外一首）
王谨宇

有月光的夜晚
一切看上去更接近梦境
枕河而居的村庄
由远及近，或由近及远
变得空幽，儒雅
仿若夜半的河流

那些看不见的影像
在另一个时空，互为呼应
像满天星辰隐去之后

人们坐在树下纳凉
怀古。对望窗前的灯火
让冥思，入禅的事物
被月色一点点渗透
让秧苗躺在成片的蛙鸣里
想念雨水

[一生忙于枯荣的树木]

在山上，藏于树荫后的鸟鸣
会时不时探出头来
看流水向低处，啄食忧伤
而一生忙于枯荣的树木
只顾迎风摇动
不关心繁华，也不关心生死
它们的前世
与今生
只隔着一层薄雾

白鲸
王桂林

起初我身上也有燃烧的蓝色
现在长大，在北冰洋里
像一块坚硬的浮冰

如果把我当做一个词
我会突然跃出意象的水面
而如果，把我作为一个意象
我又会迅速潜入词语的海底

时间是我的老师，它一如大海
有铁矿石的大陆架，虚妄的泡沫
永不结冰的冰穴里难以预测的激流

我最大的困境不来自北极熊和虎鲸
当我的皮肤因成长而变得粗糙
我会蜕皮，懂得用岩石
重新擦亮自己身体的珍珠白

每天，我都看到蓝色的冰山在远处闪耀
比红头发的须海豹还容易辨认
我渴望那蓝色，即使我也曾拥有

海水的蓝色辽阔而沉重
为抵抗这无边的寂静
我在冰冷的世界中不断发出声音

一生不止一次遇见自己

吴玉垒

昨天，我遇见了小时候的自己
不是在大街上，而是在大海边
那么多的海鸥，叫声与翅膀纠缠在一起
时远时近，忽高忽低，仿佛丢了什么东西
不远处，小石岛在傍晚的霞光中战栗
那时，他也不是一个，而是一群

一群无忧的孩子，抢拾着贝壳
在波涛与波涛的缝隙，留下一串串脚印
跟许多年前沿街乞讨的那一群孩子
看不出不同在哪里——

他们都曾是我，曾经的时光
雕刻的不同身体，只是未必在每个身体上
结出伤疤。此刻我应该是
多少年之后的他们？揣着隐隐的痛
走进更广大的人群

年复一年，像裂纹一样蔓延
像谜底一样坚守。南飞的大雁越来越少
而越来越高的楼群中间，那个手搭凉棚
不停张望的人，是我还是你？

雨水把大地又洗了一遍（外一首）

李桐

一颗麦子的成熟，带动了
所有的麦子
一片热浪，让整片麦子低下了头
六月从来就无法选择
伯劳鸟，开始在枝头跳动
反舌鸟，却因感应阴气而停止鸣叫
光线透明
更多事物，过了分界点
即将失效
这是一个忙碌的时节
雨水旺盛，并把大地又洗了一遍

【溽 热】

无法躲避的溽热
让知了的鸣叫，一夜间破嗓
没有什么重于负荷
在一棵树和另一棵树之间
无风，才是万物中
最大的缺憾
消减、倾颓、摩擦。而停滞
就在身边……
比起知了的破嗓，钻出空隙中的
蛐蛐，更让人牵挂
无风——
溽热——
树上的喜鹊，露出白肚皮
这样坦露，看似也得到了谅解

午后（外一首）
亦村

鸽子飞过的村子
很静
暖炉上，一茶壶水
嗞嗞响着
二十多年前，没有这些
小院的土屋子里的
姐弟三个
他们从冷被窝爬出，看窗子上的冰花
每天有什么不同
偶尔，他们也划拉
嬉笑着
让阳光照射进来
那时候，小手冻得发痒
那时候，雨一场场落完
叶子也落尽了
不需要对着
鸽子飞过的天空
静静地出神

[荒废的山路]

山路已变成羊道
地荒了多年，没人给我答案
我走走停停
也望着旧时的天空

大风撕扯着耳朵
尘土上身
年末，到我内心里的
都应生出疼惜

生养我的村庄就在山下
山山峁峁围着它
而过了这么多年
我的父母还在那儿
是为了什么

石头（外一首）
薛松爽

石头在滴水。一滴一滴
石头的内部有一口幽深的井
看不见的井绳将冰凉的水一点点打上来
井绳深入到黑暗的深处
看不到亮光。只有铁皮碰撞井沿的声音
井绳如此细长，而水的到来又如此艰涩
那水也是一年年渗透而成
包含了稀薄的空气，冰雪，飞鸟
枯枝败叶，和一头斑斓猛虎的死亡
那水只有一股清凉的味道，再也没有其他
就像一个哑孩子一开始
只是想说出不同于大人的语言
不同于其他孩子的语言
他结结巴巴，直到发明一种自己的语言
这时候他就不再说话
只沉浸于沉默的语言之中
没有人知道他的欣喜
他一个人走在上学的道路上
如同各种事物通过狭小的路径走入
一口深井，又被一根细绳在深夜汲出

火的芭蕾（组诗）

唐朝白云

[悲 伤]

在汉画馆门前的旷地上
女儿认出那株扭结着升腾的丝柏的墨绿火焰
那在凡高的星空下出现的神秘肃穆之物
走进去，盛夏逼人的荫凉中，女儿
一手拿着棉花糖（一朵彩云），一边
懵懂看着那石头上的朝代
弯腰的耕种，拉长身躯的追逐，死后的飞升
简拙的线条在青灰的背景中蜿蜒
人们死了，和泥土混合在一起
而悲伤，构筑成坚固的穹顶
女儿看到那蹲伏的，盘绕的，非人非兽
头顶高悬的浑圆硕大的透明物体
是的，这里要有一个孩子
睁大眼眸小心翼翼走过
她还没有听到另一个名叫许阿瞿的孩子的
　哀哭
当她长大，那一声哭泣才隐隐传入耳中

[火的芭蕾]

像这些面不改色的瓷土
像这些裸露着胸膛的陶坯
像这些碎了一地的瓷片
我也将死在一个稻花飘香、荷花映日的季节
死在眼看着一条高速公路与一条河流
握手言和的半山腰，现在

如果继续向山顶攀登，我将像 G 大调奏鸣曲
唤醒那些春风也唤不醒的青白釉
洗白那些一千场鹅毛大雪也洗不白的黑釉

是谁？从时间的枯井里
捞起汪家铺这个芝麻绿豆大小的自然村
一袋旱烟的工夫，又丢弃在澜溪畔
想当年：二点五公里的山腰上，百口瓷窑
成千上万的窑工，面南
站立成松柏
站立成翠竹
站立成梧桐
与没有骨头的火，跳起芭蕾

火的芭蕾，舞出泰山博大、华山雄奇的芭蕾
舞出草原辽阔、江南秀美的芭蕾
我将死在你的低声部
让一把泥土长出海水的蔚蓝
长出杨柳的婀娜，和飞天的琵琶

轻轻呼出最后一丝气息
凤凰在涅槃，仙鹤在弄云，大雁在书画
燕子在筑巢——火的芭蕾
来到了乐曲的最高音部，来到了
窑变的关键时刻，用走
用他的不完美，留下一个传奇

[因为懂得]

因为懂得汪家铺
懂得汪家铺属瓷器的命，懂得大海
泊着古瓷一样的太阳、月亮和星星
澜溪在村口的老树拐了一个弯
因为懂得汪家铺的百口瓷窑
懂得泥土的燃点和沸点，懂得城市
与乡村仅仅隔着一只瓷瓶

莆炎高速在村口老树下拐了一个弯
因为懂得澜溪古窑，懂得时间
如同一只薄如纸声如磬的青花瓷
懂得青花的完美包含了细微的裂纹
我，在村口老树下拐了一个弯
大海因为懂得我一生的积蓄
不过一朵浪花，懂得一朵浪花
来到乡村就是一束稻穗，来到城市
就是一座花园。因为懂得
一个古老民族，依然怀抱着太阳
现在，我奔驰在莆炎高速
因为懂得，我看见一个心平气和的
自己，从一堆瓷器中站立起来

[汪家铺的旭日]

把汪家铺的旭日比作一盏灯
刚刚卸下轭的水牛不会停止反刍
比作一顶大竹笠，澜溪渡头的船只
不会落下风帆，比作一个命运的出入口
潮起潮落的闽江口，海鸥不会收起羽翼
即便狂风大作，暴雨如注
汪家铺的旭日——
循着子规的啼鸣，爬上山坡
引来了成千上万命里带火的人
将那土命的赵钱孙李煅烧成吃饭喝水的
碗碟杯盘，将那命里缺水的周吴郑王
煅烧成背水储水的坛坛罐罐
将那自命不凡的王公贵胄煅烧成一落地
就粉身碎骨的花瓶
汪家铺的旭日，在跃出一碗水
或一缸水似的澜溪时
究竟得向多少鲤鱼学习跃龙门的技艺
究竟得向多少窑工学习汗流浃背的
劳作……那是谁吆喝了一嗓子
那是谁举起了一只碗

——汪家铺的旭日
做好了跌落、破碎的充分准备

[莲花，是莲叶的心声]

莲花，是莲叶的心声
是阳光、雨水和鸟鸣的平平仄仄
莲花，更是莲藕的希望
更是泥土，以及泥土里的骨头、黑暗
和冬眠，在淬火后的青花瓷

今天，我走进谢马苏
走近一朵莲花，无异于走进一把
混合了时光、冷暖和方向、荣辱的泥土
走近一枝沉甸甸的莲蓬
无异于走近了庄户人家骨子里的谦卑

如果，我想成为一只蜜蜂
一朵红莲花与一朵白莲花的距离
就是我一个人的长征

蛰伏的惊喜（组诗）

吴洋忠

[予山之一瞥]

十月过去了，葱绿的山岭
被枯叶色、橙黄色、橙红色
散乱点缀。但是不具有观赏红叶的规模
绿色显得陈旧，山野分外萧条
连日阴雨过后，河水比

夏日更盛。站在半坡石咀上
听大风吹灭了山谷中瀑布的轰鸣

[梦之花径]

荒草丛生
小径尽头，几丛野鲜花繁茂盛开
挡住了人群前行的路

我跃过它们走进去，又赶紧从花丛中
挤了出来。我偶然发现一块墓碑
上边刻着我的名字

我要蹲下去，卷起衣袖
轻轻地擦掉墓碑上边的尘泥

[我羡慕孩子们的游戏]

各种小石子
干枯的树枝
鞭炮炸裂残余的
碎纸屑
春日下小池塘边上
几个孩子围在一起
石子堆城堡
纸屑做旗帜
用枯枝编制
栅栏和小院

[登山者]

登上山巅那一刻
你的吼声
被大风吹过去
又卷回来，直至

打在对面悬崖的白色石壁上
反弹成一阵
低沉的怒吼。风过之后
深涧和绝壁，群山之巅和白云
整个世界都沉寂下来
你就那么孤立着
从午后等待日落
纵身一跃，如一只鹰隼
展臂俯冲在暮晚黑暗的深涧

[阴雨后]

连日的阴雨过后
顺着那条杂草丛生的小径往上爬
鞋被看不见的露水打湿
头刚探出草尖
刺眼的阳光便从云层里照射下来
晒得肩头暖乎乎的
如同一段蛰伏的惊喜

爱着彼此坎坷的一生（组诗）

刘德荣

[父 亲]

不能对世人说的话
就去西山坡对父亲说

严寒之冬，许多人在抱团取暖。另
一小撮，在偷窥

我不得不捂紧伤口
继续在尘埃里煎熬。学小草

弯腰，沉默。学萤火虫
用微弱之光穿越黑夜之洞

羡慕不再爱恨的父亲，羡慕他
用那边的黑，把苍白的人世挡在外面

[桂溪河]

给它两岸配上有龙有凤的石栏
许它两岸婀娜的杨柳
可它依然瘦弱
如当年裹过脚的外婆，越来越矮小
细声说话。迈着碎步

波光不在，轻舟不见
只有明月山落日的余晖还在，只有
微风还轻拂在它脸上，只有
蜻蜓还围着它飞舞
偶尔也有白鹤掠过头顶

面对它现在的枯竭
想到自己的一生
我们同病相怜。我们
一如既往地爱着彼此坎坷的一生

[宁 静]

这些年在省城的喧哗
怎配得上和母亲
无事久坐的美好。现在
每次同母亲在一起
她的话越来越少。我不知道
她在这宁静里想些什么

但我常常在这宁静里
想起自己颓败的前半生
想起她一人在垫江孤单长长的黑夜
想她木讷和无助的样子
想到我陪她的日子越来越少
就心生疼痛
想到这宁静里总隐藏一束
光焰，就心生悲凉

[此 刻]

此刻，黑夜。我分明
在你眼里，脸上，心里
看到了江河，春天，火焰
在你三千青丝里，看到光亮
看到缓缓走来的黎明

此刻，许我写一首诗吧
读给春风，溪流，山川
读给自由滑翔的山鹰。读给
恰好掠给湖面那些惬意的
蜻蜓。读给梁家塝
终身未娶的傻表叔，读给
梁家塝坡上那个蹒跚的白发老人
让他们知道，我也曾写过爱情

[一生的重]

战栗后的欢喜，泪水
让我竭力要铺开一张白纸
写上旭日。云彩。花朵
写上漆黑之夜。写上半生的
坎坷之途。雷电。风雨

一生太长，许多事与物
命短，唯有爱情不死

遇在春天，就先写上温暖
写上辽阔，赞美，融化
写上一生的重。写上
一杆杆红旗。一排排白桦

最后写上"光芒"二字
装满春天，托起一生的轻
哪怕一分钟的闪耀
一分钟的光明

我等待一本书
和犹豫的诗句
清明来临
而杏花不开
而悬崖不来
深渊用掉三尺神明
在梦中，我走出走进
饭吃了一半
尖刀落在人间

允许（外一首）

何如

允许我慢下来
允许我穿过风的缝隙
允许我手捧落日，像晨曦重生
允许我双脚踏上泥土
春天如期而至
允许蝴蝶停留
暗夜石头开花
允许你的身形偏僻
手法稍微青涩
允许沉寂燃起火焰
海水逐渐消失
允许我静默
坐在人间的角落

[等 待]

我等待尖刀
它会使我清醒

第一场雪（外一首）

子非花

汽车行驶在外环高架上
一滴凝望聚拢在玻璃窗前
雪来了，寂静：
包含着完整的讯息
过去的链条无声伸向我们
景象在瞬间完成移动
如你移向我，即刻又远离我

远处，火山爆发
大海涌起巨浪
太阳被打包寄向未来
近处，寒风在完成最后一轮肆虐
商店关闭，街道冷清
雪来了

一条信息在迅速流转
那是幸存者残留的慰藉
遗忘是苦涩的
我们被迫吃下暮色

接着是更灰的灰色
我们正处在悬而未决的中心
雪来了

雪在今夜
注定是一场意外的旅行

桌子上升起淡红色云朵
蠢立不动
新的街景遮蔽着昨日
犹如一个新的你走向我

[地下铁]
——所有的消逝都和我们有关

湿漉漉的地铁车站
挂满眼睛
大雨透过雪的幻象
秘密地降临

从生到死
雨水持续地浇注两端
晶莹的泪珠
永不停歇地旋转

啊啊，尘世啊
为什么透明的……
总是眼泪？

嘴唇所收拢的幻觉
使你一下子坠入周围的空白
世界沁入水中
一条通道骤然打开

"爸爸，这是回家的路"
花朵们醒着，铺满一地

如我返回的漫长路途
而你端坐如一夜的路牌

多年以后，一个早晨
陈旧的地下铁
崭新的人们

寂静的阳光注满一只碗
——这黄金的照耀是持续的钟
在尚未抵达的地方走动

扬中岛笔记（三首）

靳小华

[医院的白]

眼前是白色的吊顶
白色的墙壁
白色的被子犹如沉重的铠甲
时时有白色的身影在晃动
一棵长着白皮的白桦树
把泛白的枝丫伸展到窗前
白色的鸟在枝间跳跃
用喙梳洗灰白的羽毛
一朵白云悠悠飘过
冷眼俯瞰着伫立在秋色里的白楼
我相信渗透进来的风也是白色的
否则怎会吹白我的鬓角
身体本是一张纯洁的白纸
经岁月翻动，竟成了纸上的错别字
一个人沮丧的脸苍白

一个妇人怀抱孩子号啕大哭
我期盼今年的大雪早日来临
让铺天盖地的洁白
把人间的病痛覆盖

[喊 工]

母亲，我从远方归来
仿佛又变成了一个孩子
在老屋里辗转难眠
等待，等待着你清亮的嗓音
再一次喊醒沉睡的村庄
喊醒朦胧的晨曦
从埭头到埭尾
每一个木格的窗口都被你喊亮了
每一家草屋顶上的炊烟被你喊得轻轻升起
环绕小河，庄稼地的薄雾也被喊散了
柴门陆续打开
铁锹、锄头的碰撞声驱散了黎明前的黑暗
农事比天大
声音仿佛也能结出老茧
你有阔大的肺活量
一喊就喊了三十年
喊痛了嗓子
喊疼了自己
喊古老的村庄在光阴里赶路
终于把自己喊倒在了一九八四年的秋天
母亲，今夜屋外呼呼又刮起了大风
多像你活着时声声在呼喊黎明

[农家小院]

院墙是芦苇和竹竿混编
四季透着风
透着芦秆和竹叶的清香
丝瓜打着黄伞

踩着夏日向秋天蔓延
细长的腰身被秋风推着荡起秋千

院内站着一棵柿子树
院外站着一棵梨树
但不妨碍它们相约开花结果
小院的日子清苦却温馨
像一颗颗星星那样清苦
像小鸟落在树枝上那样清苦
像柿子树在风中摇晃着那样温馨

当柿子熟了
冬天也就到了
母亲拄着竹竿坐在炊烟下
腊月里姐姐出嫁的时候
母亲像老掉的柿子树
柿子像一个个红灯笼高高地悬挂

当油菜花，
是春天酿的蜜

江 来

是蜜蜂把你叫醒
打着哈欠　春天就从梦里起身
温暖铺满一地

三月和记忆　总是被你占有
香气是颗粒状　像极了童年咯咯的
笑声　金灿灿地蔓延在乡土
从田间到心间

如果　能在每个春天的甜蜜里跳跃
我答应你　我一定会采集更多的阳光
酝酿出更多的率真
还有更多的柔软

世界与我

李珠珠

很轻地滑落几根发丝
那个时节，银杏在整个晚秋游吟

世界从未斑斓却一直斑斓

在永恒的时间里
只做你的尘埃
而你一定是我的星辰

海棠引

胡见宇

拥有时间是很幸福的
你在绣春的雨巷
打探有色彩的爱

海棠来了，卷起万千芬芳
心如紫韵的弦
弹出蝶恋花的节奏

缤纷自我也缤纷辽阔
爱的征途开始一路海棠

蜘蛛人（外一首）

刘志明

被绳子悬在半空
远看，细小如蚁

走近一些看
像几只蜘蛛

阳光下
他们晃来晃去
像皮影戏的影子
藏着命若琴弦的
诸多悬念

[松下胜似山寺]

暮春的下午
那人松下读经

阳光消逝　天空暗下去
几声雷鸣扯出一场暴雨

那人为了避雨
从松下跑到山上寺庙
寺庙内外，熙熙攘攘
喧嚣淹没了梵音

而一只松鼠在松下

用眼神咀嚼雨声
雨声越来越细
细得如针
绣进旧苔的新绿里

都江堰（外一首）

李东海

青城山下
岷江穿山而过
宝瓶口
拴住了这匹川西的野马
飞沙堰
和分水鱼嘴
是野马的马嚼子和鞍辔
太守李冰
是蜀郡最好的驭手

秦堰楼
只是个观光台
站在上面
无法看清滚滚的岷江
也没看懂宝瓶口的玄机
二王庙还在高处
但我们看到了川西的村庄
在四川盆地伸展着肥美的腰身
天府之国
依然戴着耀眼的桂冠
从鳖灵开凿
到李冰筑坝
都江堰一直都是岷江的咽喉
川蜀的神灵

不敢造次
川西平原，稻浪翻滚

[杜甫草堂]

草堂依旧
草堂走过的风雨依旧
令人流泪的岁月，在时光的背后
而您的光芒，一直走在时光的前面

走进草堂
就走进了一段心酸的往事
走过一个踟蹰徘徊的背影
子美，您是诗圣
是大唐风华的半壁辉煌
可那血雨腥风的祸乱
让您漂泊成了游子
在风雨中流浪
大唐中落的秘史，在您身上
而您燃烧如火的身子
则是长安最后的落日

堂屋
客房
长诗
雕像
这都是您的绝句
是您排山倒海的七律
在史册中闪亮
安史之乱的血刃
刺破了大唐华丽的锦袍
也切断了您最后
重返草堂的栈道
可这间草屋
一直是您安身立命的江山
也是您跃马扬鞭的战场

初 夏（外一首）

董 林

善良的灵魂抿紧了嘴唇
过道的风
失去了半个袖子
举不起一捧柔弱的雏菊
背上的积雪太深太厚
轻轻的啜泣
引发江河的崩岸
冲走纸张
冲走灰烬里的墨痕

一棵松树
一根线香
埋入深深的地层
一座松林
吹动了絮语
吹燃了空中的火焰
初夏了！
每一片叶子
都有不同的阴影
不同的锐利
不同的硬度

[花儿与少年]

蔷薇的七重宫殿
压弯了黑夜的嘴唇

灿烂的少年纵身跃下
落入橄榄叶的戒环

荆棘
在手指尖焚香

白马
在山门外嚼着一条小溪

世界面面观·土（外一首）

陈贵根

父亲和母亲种豆，做豆腐
置了几亩田
差点成了地主

土地充了公。父亲说，也好
成了生产队社员，种的土地更多

他们一生最大的满足
每天脚踏实地，荷锄田园

他俩最隐忧的一件事
是送儿女读书、出息，失去了土地
将来无归宿之所

他们从未离开过土地
不知道城市有不需要土地的营生之道

一次父亲进城带来两袋晒干的塘泥
从此，我居所的阳台也有了土地和
瓜果

他俩最后做的一件事
是看中了老屋门前的山坡
向阳、离家近、土质干净

俩人约定无论谁先走
都葬在那里。先走的在那里等着
后走的在门前守着

仿佛那不是他们的安息之所
而是百年之后的耕作之地

[世界面面观·刀]

大学毕业,我携笔从戎
临行,颇有点仪式感
父亲送我出院门
一向寡言的他,嗫嚅着说
财色各带一把刀
碰不得
看我似懂非懂,父亲又在我手心
把色字头上的刀
和财字右偏旁写了一遍

从此,我的手心里
总握着两把利刃
灯红酒绿
江湖路远
无论是热血青春
还是漫漫仕途
我挥刀向内,一路见血
一路疼痛

父亲送的刀
厚重而锋利,虽然有些不尽人情
倒也保我一生无虞

汉昌河索桥(外一首)
简

它有悬空的幸福感
它有可供欣赏的晃动
也有人为制造的小紧张与欢喜
站在上面,传感迟缓
有母亲年迈的停歇
有孩子好动的荡漾
它关照左岸的猕猴桃泛青
玉米长势喜人
上山的老人,每晚拖着落日归来
它宽慰偶尔的洪水发怒
它也关照右岸,李花年年开
垂柳下,又孵出了一群小鸡雏

[李家坪索桥的新生]

前世若多波涛滚滚
今生必筑更宽阔的河床

前世多忐忑,铺木为风雨啄蚀
绳索为锈,河水浩荡

新生,以混凝土填补缝隙
填补连根拔起的溃堤

扎根十亩稻田
老人过,小孩过,外地人过
与清风横亘两山

特别策划

"成都第 31 届世界大学生运动会"诗歌小辑

飞翔,与光同行

龙小龙

1

七月,植入亿万民众心中的圣洁
承载历史的记忆和荣光
更寄寓着无数梦想
一群人乘着一座城市的温情与热度
从这里起飞——

大地,展陈葱绿的写真
天空,铺开恢弘磅礴的彩绘
府南河时尚轻纱
宛若蜀绣汉服的女子
在宽窄巷子里盈盈执扇或款款抚琴

伟岸的楼群与低矮的庭院毫不违和
香樟、小叶榕、银杏树
南来北往的人潮车流
围绕中轴线结成庞大的交通网络
彰显立体的都市繁华

风清气爽,万物早起
每一天都是如此,以天府广场为中心
成都,在一派明澈的光芒中
挥舞着杜鹃、芙蓉、紫薇和向阳花
迎接幸福的来临

2

仰望,太阳就是高海拔的理想
一幅动静结合的生态画
在大西南上空

昭示着自然和谐、低碳环保的主色调

把红、黄、绿、蓝的中国元素
揉进青铜的釉彩
写意金沙的图腾
形象演绎青春的激情和浪漫

源远流长的华夏文明是一座引力源
聚集太阳神鸟
身披金色的大氅
一律沿着顺时针的方向飞翔

飞成十二道灿烂光芒
飞成循环升腾的姿势
构筑地球最大的同心圆
这些天之骄子,奔向未来而飞越古今

3

用诗歌
用大熊猫
用传统蜀绣
用老火锅或者盖碗茶

打开温馨的门窗
敞开辽阔的殿堂
任你奔跑与飞翔自由发挥
任你智慧和汗水尽情挥洒

从天涯到海角
从彼岸到此岸
从一环到五环
吹响振翅飞翔的集结号,与光同行

来一种酣畅淋漓的奋进历程
来一次情深意重的依依离聚

一份向世界发出的"青春邀约"（外一首）

许岚

一江岷水
激流奔涌着青春的音符
一朵芙蓉花
张开了青春芬芳的翅膀

一口老火锅
沸腾着青春的誓言
一盏盖碗茶
品饮着青春的清香

一匹蜀锦
一针一线绣织青春的衣裳
一只大熊猫
憨态可掬青春的吉祥

一曲《成就每一个梦想》
创新了川剧青春的唱腔
一首《爱是一样的》

来一首携手并肩的拼搏之歌
来一场经典永恒的盛世之舞

蜀道开，大运来
天时地利人和，要素齐备
这道，不止是四通八达的礼道
这运，更不止是举世瞩目的时代鸿运

叙说着青春线条的飞扬

一座火炬塔
太阳神鸟的十二道太阳光芒
托举着古蜀先民对光明的永恒向往
一把"蓉火"
升腾着青春的"蓉光"……

一部青春之书
在成都东安湖开笔
一曲大运之歌
在天府之国唱响

一份向世界发出的"青春邀约"
喷薄如朝阳

[火炬手]

她似乎与传奇色彩无缘
更似乎与大运会无缘
却英姿飒爽地奔跑在宜宾火炬传递的跑道上
笑容漫天地接过了第 15 棒

18 年的乡间送教，练就了她
一对视高山如履平地、视泥泞
如舞蹈的轻盈翅膀
她最朴素的理想，就是
把知识和阳光背进大山深处
把希望背回来

山路再泥泞，知识也不能泥泞啊
背上背篼，她就是送教娘子军
放下背篼，她就引领孩子们在艺术的天空
知识的殿堂自由翱翔

她还是孩子的时候，就提前透支母爱

手把手教特殊孩子系鞋带
哄他们吃饭、睡觉、不哭、听话
上厕所、养成一个好习惯

她每天耐心地用手语、舞蹈
去驱散每一次的坏天气、坏脾气
在她的眼里。特殊孩子也如朝露、晨曦——
"微笑着我们的微笑,成长着我们的成长!"

背着渴望、亲切、芬芳、营养
背着使命和爱,背着今天,背着未来
"中国好老师""四川最美教师"
"四川新青年""背篼老师"的她
从未放下过接力的薪火

高举着手中熊熊燃烧的大运会火炬
她心中那支特殊教育的火炬
也燃烧得更加炽热,更加青春了

成都之夏
艾 川

你来了,我来了,他来了
黑皮肤、白皮肤、棕皮肤,融入黄皮肤
涌动是血液的涌动,奔跑是青春的奔跑
转身即绽放,既是一朵出水芙蓉

岷江送爽,沱江送爽,锦江送来繁华与锦绣
天府之国端坐于盛世的画卷里,迎风纳凉
蜀道难早已是一则旧闻
而浣花溪的芬芳,历久弥新

因意志而拔高了山岳,因梦想而挽住了逝水
当西岭上的白鹭,怀揣古意隐入闹市
在宽窄巷子里,弯腰即可拾趣
回首,便成就一段姻缘

蓝眼睛、黑眼睛,在梦的舞台上频频眨动
跳高、奔跑,接力、再接力
巴山蜀水造就新的速度与激情
灯火妩媚,岷江含情,今夜的成都
是我的成都,也是你的成都
是中国的成都,也是世界的成都

汗水滴落大地,星光照耀未来
这锦绣人间怎能虚度,泛舟锦江犹如泛舟银河
你追我赶的碧波上,遗落多少窈窕身影
拓印多少爱的传奇

癸卯之夏的成都,是梦想出发的地方
是一枝枝蜀葵在青春的风景线上拔节、开花
歌声穿过岁月寥廓,烟雨洗涤灵魂尘垢
你我负重而行的样子,犹如熊猫抱竹,憨态可掬

成都梦想(外一首)
曹 兵

火炬熠熠发光,"蓉火"
点亮了成都宏大的梦想
一个蓉字,代表一颗博大的
成都心,包容五湖与四海
朱红、明黄、翠绿与湖蓝
四色在阳光中渐变

青春的活力在明亮中显现

最好的年纪遇上最好的城
不用喊出什么
博大的汉语发出万丈光芒
大运会会徽上
太阳鸟与凤凰落在
大运会第一个英文字母
中外的结合，如此完美

梦想在扩大
大熊猫亮相于世界面前
一只熊猫也要举起运动的火炬
一只熊猫也要加入奔跑的队伍
光无处不在
照亮成都的大街小巷
但最好的光，是给来自世界各地的大学生

每一个远道而来的都是客人
青春承载着梦想
成都成就青春的梦想，汗水与力量
点燃雪山下的城
仿佛没有比这
更激动的时刻：梦想拥抱梦想
世界年轻的心
汇聚到中国西部的高地

[星空下]

星空下的世界多么自由而无限
整夜不熄灭的灯火
仿佛在和星子遥相呼应
七大洲四大洋的人儿，在星空下相聚
赛场上摔下的汗珠
每一滴都开成了友谊之花
空中旋转的球

带着信仰，带着运动的光
竞技爆发青春的活力
汉语用生来的魅力
讲述着体育不朽的光辉
而星子眨巴着眼睛，仿佛
被热情的人群感染
不老的星空下
年轻是世间最美的花
成都缭绕的烟火，包裹着
青春的花与果
幸福拥抱祥和，体育铸造友情
星子注视着苍穹下的西部高地
仿佛要发出最大的光亮
让光和日月同在
而我们，只需轻轻喊出成都的名字
世界就收到了，大运会
献给青春的礼物

青春成都，
和世界对话（外一首）

陈于晓

在宽窄巷子，煮上一壶茶
一半是哲理，一半是烟火
都江堰的一堰沧桑，遮不住
流水的日新月异

可以借一幕川剧
演绎"大运成都"的故事么
蜀锦之上的一卷卷沧桑
或者，已"变脸"为一帧帧时尚

知时节的好雨,还在草堂落着么
锦江畔的翠竹,正摇曳着
岁月的多姿。黄鹂潜在蜀绣中
鸣翠柳,白鹭在龙泉山上翩翩
含西岭雪的那一扇,如今是
谁家的窗?"大运之窗"
在东安湖热情的夏天,敞开
青春成都,在窗口
端上一盆盆火辣辣的川菜

遇见青春,遇见成都,此刻
世界已浓缩成"大运"的故事
英姿在赛场上飒爽,梦想
在拼搏中绽放。天府绿道在追梦的
脚步下延伸,而健儿的风采
已挥洒成锦官城的盎然诗篇

太阳神鸟,正从时空中飞过
这个夏天,我的成都是属于青春的

["大运"是一条河]

从笔端流出的"大运"
在我的心上,淌成一条河
这是青春的河流,我听见涛声
在隐隐响起,这是青春的涛声

那些青春的光,在火热中洋溢
那些青春的影,在激情中舞蹈
是的,是舞蹈。这个夏天
在成都,在青春的赛场
所有的奔跑、跳跃、劈波斩浪……
都已汇聚成舞蹈的一种

这是青春的歌唱。是的
青春的成都是一条河,涌动着

时尚、智慧、活力,以及郁郁葱葱
这是青春的力量。是的
青春的"大运"是一条河
我把速度、信念、意志、拼搏、
坚持、勇敢、顽强……读成
在激流中竞逐的千帆

流水将各种的肤色和语言容纳
青春的身影,在挑战自己
追逐梦想,如同浪花
在奔腾在澎湃在激荡

成都之夏,"大运"是一条河
水天辽阔,青春在奔放
在张扬在翱翔。"蓉火"熊熊
所有的梦想,都在点亮未来

芙蓉枝头,"蓉火"盛开

胡云昌

明月退场,火炬开垦了枝头
火苗抒情成花瓣,与阳光互为替身
芙蓉枝头,大运会火炬盛开
青春吹拂,触发成都全自动的诗意

在成都,每一颗年轻的心
都被一朵火炬打开,激荡在成都平原
在四川盆地内,向山脉递出自己的逶迤
接收整个世界的回音,鼎沸清晨的露珠

成都，我看见

姜华

每一个成都人，都带着自己的面庞
与火炬一起，奔跑成一朵绽放的芙蓉

"蓉火"是一朵火芙蓉，整个成都用热情与微笑
喂养着花瓣。微风带着火苗
穿街走巷，传递一座古城焕发的青春
像是年轻的李白，用诗句与火焰
在九天里奋斗，又开出了一个崭新的成都
又仿佛从红湿处，歌吟而出的杜甫
用精神的火炬，砥砺出又一个锦官城
成都的茶，不闲养蜀道
将一盏崎岖，沏出了精气神

这火焰的花朵，在寻找属于梦想的蝴蝶
花开，全世界的蝶纷纷破茧
驾驶着薄翅，穿着芙蓉花裙赶路
把青春和浪漫团结在成都，把属于成都的斑斓
全部开完，开得淋漓尽致

"蓉火"，这朵用芙蓉枝养出的花
这座城市独生的火炬，怒放得几乎要脱缰了
不同的造访者，有不同的胸襟
也有不同的花色与时辰，匹配不同的世界观
而成都，把全世界年轻的热情与火苗
合二为一

一个开花的城市，在这个八月
以体育的名义，被世界重新命名
天空瓦蓝，铮亮的风刮过亚细亚
上空，停在一粒叫蓉的词上
我看见来自五湖四海的大学生健儿
带着奔跑的梦想，在四川成都
让青春如百花绽放。一个
响亮的名词，如鸽翼上劲风
疾如闪电，于这个火热的八月
破空而来，把中国西部照亮

我看见吉祥"蓉宝"，手捧第 31 届
会徽，满面春风，用多国语言
讲述着，一个大国的梦想
怎样与世界贯通，融为时代
强音。讲述和平、发展、公平
正义、民主和自由构成的人类
共同价值观。燃烧的"蓉火"
在跑道上铺满星光和闪电
我看见天府之国正张开双臂
作出拥抱的姿势。现在我告诉你
我的名字，简称蓉

我仿佛看见，世界大运会纪录
正在一次次被刷新、改写
五星红旗和《义勇军进行曲》
一遍遍在成都上空升起，回响
激越，奔放，响彻四方

成都与大运，或古典与现代的二重奏

梁梓

朋友啊，你是不是和我一样，走过一条巷子
你就突然知道，这世界宽不过天地
窄也不过人心……
毋庸置疑的是，在成都，你会获得想象之马
你愿意，任它驰骋，逍遥游般地送你一程
而你能感觉到，那肉体和灵魂的彼此校正

你知道的，金沙之金被时间的沙所掩埋
又被命运河流所淘洗，擦亮
有那么一刻，你也会在那个面具后喟叹
你有幸在这个序列里出场并参与其中
那些在漫长岁月中积累的智慧啊！
像蜜
像巨大的盛宴

盛会当前，凤凰山将演绎着涅槃与新生
东安湖是一面深沉而温婉的时间之镜
当你在武侯祠，默立，沉思，你想到三国
你会感喟于此时成都的盛大与恢宏
多年以后，当盆地如花朵，倾情打开自己
这里是天府之国，这里是大运赛场
这里是全球青年的逐鹿的圣地！

那么你来吧，你来看那些莘莘学子
追逐风、制造风的样子有多么可爱
你来，在薛涛的竹林，看年轻的射手拉满弓
看球类竞技的迅疾与飘忽，难以琢磨
看一双双脚步在赛道划出的圆月弯刀有多
　　锋利

看百年春熙路，从不凋零的时尚与婉约
你来，你来感受不同的你，裂变与成长

成都在雀跃（外一首）
——为成都第31届世界大学生运动会喝彩

林栖

"大运"之水从哪里来——
从雪山来
从岷江、沱江来……
也从海上来
从"四大洋""五大洲"来……
迢迢遥遥汇向成都

"大运"之火从哪里来——
从奥林匹斯山来
古老的火盆或凹面镜采集太阳的光焰
经由大学生或年轻骑士辗转的马蹄集结……
也从"金沙"来"三星堆"来
经由太阳神鸟涅槃、青铜铸造……

水与火，秉性各异
似乎永难见容于彼此
但当它们被一种叫"体育"的精神统领
水便是纽带，火便是彩虹
成为刚柔兼济"天下大同"的信物
不受制于国别与疆界，肤色与语言……

你们看——
当大运之火在"光之塔"燃烧
世界高声欢呼

东安湖畔悬停的衔古今接中外的"飞碟"
携同"友谊、博爱、公平、坚毅、正直、协作、
　奋发"
圆弧形的银翼朝向天际与未来
迎着五彩霞光翱翔

你们听——
水被水激荡,火被火照耀……
水被火沸腾,火被水簇拥……
水与火的相融意味着爱
火与水的交响象征和平
是的!是爱的吁请、和平的呼召
才有那么多国家和地区的友好奔赴

是的!今年这个夏天辽阔又湛蓝
当东安湖体育公园主场馆响起雀哨
《世界是我们》凌空悠扬:
"Love Is More Than Anything"
（爱是一样的）
橄榄树的种子在青春的胸脯勃发
成都在雀跃
世界在雀跃

[成都, 你是画是歌是蓬勃]

他们说,成都是一幅彩墨:
雪山之下,江流潺湲环城廓、绕房舍
街衢巷陌以现当代技法进行勾连与交通
……红墙、灰瓦、绿篱、黄花……
有理想主义的蝴蝶凌空翩跹
人们适时出现——
在公园在绿道……
在草堂在锦里在文殊坊在宽窄巷……
在历经千年也不褪色的画轴间

他们说,成都是一首牧歌:

岷江沱江唱着,府河南河唱着
古时候的诗人吟着,新时代的诗人诵着
凤凰在图腾里引吭高歌,燕雀在碧柳上弹奏唱和
原生态的　电音的　交响乐的　民谣的……
旋律生动!声线多变!情绪饱满……
一首歌优美的音色无法精确形容
它呼应着"中国梦",并与"公园城市"对称

所以,他们说,成都的关键词是:
蓬勃!——蓬勃如春天!如青年!
当春天重返人间,平原长风浩荡
当夏日接踵而至,晴空驾起彩虹
世界多么斑斓,好青年从四面八方来
呵!青年人都有传说中骑士的灵魂与风度
他们竞技,是为找寻与之匹敌的同类
他们格斗,是为获取与之匹配的荣耀
生命原本就是在相互角力中
护持那亘古常新的蓬勃而又和平的秩序

——成都,你是画是歌是蓬勃
世界说

东安湖品茗话"大运"

聂沛

东安湖品茗,配上"大运"的心境
远山近水,在体育文化的
波光里,观赏一片片沉浮的侧影
普洱、铁观音、天府龙芽
绿茶、铜质长流壶,不一而足
龙泉山,驿马河
都挡不住千年茶香外溢的唐风宋韵

从"一带一路"流向四面八方
看游人，可有前世今生
与你交换过眼神的兄弟姐妹
哪怕生龙活虎的莘莘学子
来自于五湖四海
从国际航班
到主题列车，熙熙攘攘
都是远来的贵客
为了品一品蓉城；品一品
传承千年的茶艺舞蹈
风云际会："成都成就梦想"
佳茗，独具四川气派的
世界情怀，呈现
历史和现实交汇的独特韵味
风起都江堰，鸟鸣花香，又是笔墨
表达的言外之意
茗中有诗；诗出有茗
"城市绿心"衬托平平仄仄的韵律
和"蓉宝"吉祥的身姿
就是最美的海报
中国乡愁，钤上时代的署名
晚风可以在湖面好好地晾一晾了
一碗茶汤，足以温暖终生

会聚东安湖
庞白

一座龙泉山，一条驿马河
一片随心所欲的洼地
在这远离海平面的城市之边
收集水的形态和光的锋芒

绿的眼睛和桥的倩影
以太阳神鸟的名义
高举火炬

然后，与连绵山脉相对应的
世间的简洁与繁杂
道路与角落，黑暗与灿烂
劳累和收获、感激和悲伤
由一枚纯白飞碟引领
依着微微颤动的东安湖
安稳各自的神秘与风姿

这个夏季，这个盆地，这天之府
漫天的绿色都说话，有喜乐
会走路
它们和我们的心跳一起
青云直上
奔跑，如虎添翼

青春的画卷
石莹

1

东安湖波光潋滟，汇聚天南海北的云朵
簕杜鹃点燃额头上的火红
把七月的成都带入一场属于青春与运动的盛事

湖水按捺不住季节的悸动——

一个个充满活力的身影在运动场上荡漾

一阵阵年轻的风吹拂过蜀国古都的内心
新鲜血液灌满了成都平原的每一条脉搏

2

每一帧风景都拥有自己独特的内涵：
白鹭、䴉鹛成群结队，它们是水的舞者
锦鲤的纵身一跃，蕴含田径所有的气度

龙泉山和天空拥有的色彩在湖水里聚集
汇聚成祥和与热情的氛围——

在我们面前，一幅属于青春的画卷缓缓展开
以生机勃勃的绿和点燃梦想的火红
合盘托出夏天的诗意与修辞

3

东安阁是一位沉稳的观众，安安静静
收拢着赛场上摇曳的所有光影

跑道上的身影用脚步谱写属于他们的歌曲
……游泳馆里的健儿用强有力的身躯
挽起流淌的笔墨——

远远地，我就听见热烈的欢呼
成都的热情被欢呼声放大，放大成无限的
　可能

4

夏天是一枚动词，蓝天白云总能掏出惊喜

府河用流水铺垫好激越的路程
凝练运动健儿团结奋进的精神

龙泉山脉郁郁葱葱，它用山的绵延与起伏
把泗渡在心底的热情无限放大
放大成一首嘹亮的青春之歌

5

流水迂回婉转，带出山水的问候语

一滴水的融汇天南海北
折射奔跑的肤色和语言

为了这一场属于青春的博弈
成都也掏出身体里另一条活力的源泉
滋养和渲染着年轻的恣意与张扬

6

这一天，成都再次成为世界的焦点
激情澎湃的健儿们在这里逐梦飞翔

湖水继续在葱茏里留白，更像是用
青山碧水的包容和百舸争流的奋进

点染属于青春的力量美学

太阳神鸟领跑——
（外一首）

王爱民

轻叩天府之国锦绣的门扉
天天升起的太阳
滚动成大运会新鲜的跑道
芙蓉花的香，把欢乐照亮
太阳鸟领跑——世界
从容打开了青春的翅膀

一排排携带梦想的人
向着终点冲刺，峨眉山舞动的彩绸
飘成漫天花雨
水挽起了手臂，山挺起了胸膛
欢乐的火花飞溅，锻造中国力量

一座青春的城市
从运动里取得高度、速度和力量
像追梦人不断喊出心底的声音
绷起肌肉拉动骨头咔咔作响

悦耳的歌声，敲醒成都的心脏
在运动里，蓉城美起来
像一只皮球，奔向世界的赛场
我的心和你们的心一样饱满
天天都跳得欢快，像一粒小小的种子

这里，每一棵草，每一块石头
都蕴含着生机勃勃的灵感和传奇
蜜蜂来这里筑巢，燕子在这里衔泥
像一封书信被带到远方

此一去，成都千里烟波浩渺
月光把座椅一遍遍打扫干净
只等盛会，把成都不断写大

[吉祥物蓉宝是只大熊猫]

像蓉宝一天天爱过的人和山水
世界也一天天把吉祥喊大
你替我爱着，你的爱会更大更热情

蓉宝，手握大运会火炬
手握三十一朵火苗
火锅滚沸，生活如烹小鲜
把缕缕炊烟轻轻地弄弯
耳朵眼睛尾巴带火的蓉宝
以奔跑的姿态传递青春和活力
川剧吐火绝技，是你的点睛之笔

蓉宝，大运吉祥物蓉宝
我要找个珍稀新鲜的词，来爱上你
爱上你，关注你的一举一动
你动，我的心也动

蓉宝，地球手心儿里的宝
身上的几块雪，永远不会融化
黑眼圈熬肿了昨夜淘气的月亮
身体里珍藏千年悠闲的云朵
风穿竹叶的美妙
把我们带进生活的吉祥宽阔

有蓉宝牵引，我们能找到回家的路
鼻息上轻落草色
把他乡看作了故乡，把你当作了亲人

跟着蓉宝去踏青
在夏天一阵清凉的风中
我很快变成了天府之国里
一枚幸福婆娑的叶子

"蓉火"颂歌

吴常青

七月流火，八月未央，
朱红、明黄、翠绿、湖蓝，
斑斓里炫着青春活力；
四千多年的古蜀文明燃烧着热情，
竹叶飒飒，"蓉火"闪焰，
我们举着海椒一起去成都。

七月在野，在古老的三星堆，
八月在宇，青铜立人邀约，
"和我在成都的街头走一走"，
一起倾听绵延流动的山水古迹。
熊猫很撒脱，双手抱住水滴，
摇晃旋律荡漾的民谣成都。

七月金乌负日，八月金沙淬火，
太阳神鸟振翅引领我们飞翔，
在运动之中向往光明，向往星空。
青春必须融合古老与现代，
梦想必须弹奏理性与感性的交响，
我们有福，汇集在奔跑的成都。

环形跑道

晓岸

你还会看见，一次次跑远的背影
不论是晨曦，或者凉爽的夜晚
听见青春的气息涌动。
还有你在细雨中跳动的马尾辫
干净的脸上流淌的汗水。
哦，晨读的女孩把目光投射过来
是赞叹，还是爱慕？
或者是对青春一次次的扫描——
欢笑与回忆，依然弥漫在校园的操场。
我们又回到环形跑道——
那伟大的时光
点亮每个绽放的青年，鲜嫩的汁液
在叶脉里流淌，就要成型为
每一片巨大的叶子。因为希望而施展
仿佛青春的力量驱动
从起点到终点
每一滴汗水，每一次内心的呼喊
让跑道成为一个永恒的环。
它深深刻印一切——
流逝的时光，寂静的告别
在黄昏的光照里少女的脸
从图书馆的台阶上浮现。
今天，我仿佛听见谁在轻声呼唤——
但不是从我的身体
而是这无限的环——仿佛是催促
又像是叮咛——
我将再一次回到环形跑道
以青年的名义
以永不失败的年轻的心——

国际视野

汉乐逸诗选

（1982-2022）

◎汉乐逸 [美] /文　汤巧巧/译

[日光下的圣像]

日光下的圣像
同样如此　这位夫人
你的发丝在黎明时容光焕发

称它为一次光的赠予：
然后让雨水
如你所愿　款款降临

（在古代，当同房的时刻，他们会
关闭圣像上的百叶窗，怀着敬畏）

[绿色的火，　红色的水]

当你初识
你的身体也是一团火
并且一直都是：

你曾触摸的任何事物
都执着地——被你的手指
燃烧到顶点

然后你再度渴望那青色
一片绿色的树叶显现的活力

那照耀着你外在的某种事物
是如此的生机盎然

要知晓：所有的垂柳中
有一棵最绿最丰茂

那扎根在地狱的
极致孤独恰是你自己
在那团火焰中活着的
能锻造任何事物

除了平静

[向 晚]

傍晚的第一只乌鸦
降落在灯旁，你呱呱的叫声
听起来仿佛在喊回家

——飞进来了，仍然在颤抖
对树木满意

或者是我错了？
你眨眼，脸红
其实我并不信任你

咧嘴大笑的根本就不是
你

……看看你嘴里的沙砾

你所来之处
没有人类的气息

[卡特韦克]

头朝下，雨水
无止境

已经探测不到
云层紫红色的光

沙丘和灌木丛
躲藏在彼此的低语中

许多条道路之间
已经望不到尽头

跨越了所有海岸
仍然一样关切
我携带我的答案
独自走向大海

[卡拉哈里，日落]

每一个物种
都在光线暗淡之处
寻觅食物

马和驯鹿，狮子
比肩行走：当饥渴即将来临
他们不再害怕

对它们来讲
任何阴影都不会太小而
成为安全的避风港

没去想即将到来的黎明
他们在干渴中失去自己
这一切一旦开始
就永远不会结束

[公寓建筑]

据传
在这些房子底下
从来没有打过桩
风就是它的地基

我们从风暴中偷来的巨风
被折叠进泥土里
藏在草皮和
羽毛般轻柔的水泥地下

有时在夜晚
那原初的力量再度展开：
穿过地板的棱角朝向天空
吹皱了床单

在它途经之处穿过
一个睡觉的人的红色脸颊

[致一只死去的蜘蛛]

只留下了两条腿，的确，
你将再也不需要它们了

现在你死了

你一直都在展示它们吗？
"八"中之"二"——如此跌跌撞撞
从窗玻璃到排水管
可以证明你是种类的一员吗？

（我听到了，在填满了我孤独的水壶
的水滴之间
你正在聆听。）

[致一位保洁女工]

你力挽潮流的举动
意味着 潮流已到了
双手未能到达之处

把它推到一边是不够的
一副卷轴，一个便利的烟灰缸
它是思想

在你称之为日常时间的
9点到5点之间，一种可能性
正在等候

抓住它 用你
粘粘热热的橡胶手套

"思想即事物"——即卷轴
烟灰缸——便利的或者其他
视情况而定

子美逸风

杜均诗选

◎ 杜均

[花楸山夜宿]

迥出红尘外,高台四望频。
溪山掀海雾,楼阁弄阳春。
小坐花留影,清游鸟唤人。
城中无此乐,入夜数星辰。

[登香炉山]

翠壁苍崖外,烟霞叠几重。
不经千折路,怎上最高峰。
岩顶横飞栈,云边挂古松。
山花开灼灼,别有气蟠胸。

[光雾山赏杜鹃花]

盈盈红锦地,意态任天然。
花气冲寒起,鹃声催暝还。
枝枝香雾薄,叶叶翠光鲜。
看取啼痕在,精魂到眼前。

[花楸山贡茶]

才起苍烟又散霞,山中嘉木发灵芽。
一枝横翠凝春色,四海分香见物华。

[米仓古道]

草木翻新各自欢,深沟绝壑路盘盘。
世间多少功名路,要在江山险处看。

芮自能词选

◎ 芮自能

[扬州慢 · 夏日写怀依白石韵]

残水西河,薄云南诏,强留每误归程。对长街不语,是秀木虚青。漫回首、斜阳尽去,数峰寥落,都忘枯荣。照愁人、新月初悬,还照空城。

故交若许,到如今、相看飘零。剩醉后相思,音书寄远,犹自关情。四十二年经过,身前问、懒觅功名。信霜丝无错,风流长应平生。

[踏莎行 · 题菖蒲]

绝立岩边,孤生幽涧。江湖高远无心恋。可堪风雨四时摧,数丛珍节知谁见。

梦里交情,案头对眼。清香恰与吟怀便。为君裁句祝佳辰,一身风雅新修剪。

[清平乐 · 惊蛰日见无名黄花凋落有感]

问春不语,春被风吹去。吹到小黄花落处,隐隐似留幽苦。
自从难递芳音,更无一事堪吟。如许洒愁丝雨,替谁飘过伤心。

[摊破浣溪沙 · 题丕胜兄醉画春兰图]

胜日东风漫惹人,濡毫微醉且由身。四溢才情如满月,洗烟尘。
点染灵均真气节,皴勾学士好精神。回首画廊幽兴处,一堂春。

孔长河诗选

◎孔长河

[大雪前一日登山途中即景]

日落熔炉暗，湖倾铁水明。
寒枝山一半，啧啧止禽声。

[古琴台听琴]

林幽人迹稀，琴断子期老。
小坐去还来，倩君弹古调。

[林间杂兴]

斗室寄清抱，寒风攥野村。
夜深山化虎，欲把一灯吞。

[上龟山]

独行伤病体，万事不如心。
山雨乱花树，江风冷素襟。